Cornell Woolrich

The Black Curtain

杀人回忆

〔美〕康奈尔·伍尔里奇 著

沈勤 译

“现在，你知道这种滋味了吧。”

人民文学出版社
PEOPLE'S LITERATURE PUBLISHING HOUSE

著作权合同登记号　图字 01-2015-8337

THE BLACK CURTAIN by CORNELL WOOLRICH

图书在版编目(CIP)数据

杀人回忆/(美)伍尔里奇著;沈勤译. —北京:人民文学出版社,2016
(伍尔里奇作品)
ISBN 978-7-02-011518-1

Ⅰ.①杀… Ⅱ.①伍… ②沈… Ⅲ.①长篇小说—美国—现代 Ⅳ.①I712.45

中国版本图书馆 CIP 数据核字(2016)第 066620 号

责任编辑:陈　黎　马爱农
特约策划:陶媛媛
封面插画:马岱姝
装帧设计:钱　珺

出版发行　**人民文学出版社**
社　　址　**北京市朝内大街 166 号**
邮政编码　**100705**
网　　址　http://www.rw-cn.com

印　　制　**山东德州新华印务有限责任公司**
经　　销　**全国新华书店等**

字　　数　**185 千字**
开　　本　**890 毫米×1240 毫米　1/32**
印　　张　**6**
版　　次　**2016 年 11 月北京第 1 版**
印　　次　**2016 年 11 月第 1 次印刷**

书　　号　**978-7-02-011518-1**
定　　价　**30.00 元**

如有印装质量问题,请与本社图书销售中心调换。电话:010-65233595

目　录

第一卷　帷幕降落

第一章

刚开始时，所有的一切都是模糊的。接着，他感觉到身体周围有手在摸索，很多只手。他能隔着些东西感受到这些手的触碰，那时他身上堆满了细小物体，像砂石块和碎砖块，那些手快速地将它们抛到一旁，碎片的数量不断地减少。

然后，他听见一个声音说：“救护车到了。”另一个声音答道：“把他挪到这里，让救护人员更好地处理。”

他觉得自己被抬起来挪动了位置，然后又被放下。他试着睁开眼睛，但大量沙砾和尘土刺痛了他的双眼，他不得不再次闭上眼。他又试了一次，这次他睁开了眼睛。浅蓝色天空的光亮刺痛了他的双眼，他的四周密密麻麻地围满了人，他们的头凑在一起，向下看着他。

他感觉到有人将他的外衣和衬衣解开，并沿着他身体的两侧施加压力，然后说：“肋骨没有骨折。”那人弯曲他的双臂，然后是双腿，又说：“没有骨折。他掉下来的时候没有摔得太重。只有头上的那个磕伤碰得不轻。”有人扶着他坐了起来，然后他头发里的鲜血像粘稠的膏体一样一滴滴地滴落了下来。那个实习救护人员说："好吧，伙计，我们会处理这个伤口的，我们会照顾好你的。"

实习生在他的伤口上抹上了点东西，那灼烧的刺痛令他跳了起来。然后，实习生在伤口上贴上了绷带。

"好了，我想现在你可以站起来了。"

他们帮着他站起身来，一开始，他不得不扶住一个医护人员来稳住自己。然后，他就能自己站稳了。

"你要不要坐我们的救护车去医院，顺便再做个检查？"实习生合上了他的卷宗。

"不用了，我没事。"他说。看来天色已晚，他想回家去，维吉尼亚一定在等他，他不想晚归。

"好吧，但要是你觉得不舒服，最好还是来医院一趟，做个检查。"

他说："好的，我会的。"

一位警官向前踏了一大步，气势汹汹地打开他的笔记本："弗兰克·汤森，"他毫不犹豫地说，"告诉我你的地址。"

"卢瑟福北大街二十号。"

事情就到此为止了，救护车拉着警报驶离了原地。

那警察转过身去完成了他的报告，也离开了。人行道上的碎石残骸和旁边建筑屋顶上七零八落的"出租"招牌，似乎是刚才发生的一切唯一留下的痕迹。层层围拢的围观者们也开始散去，汤森转过身来，开始挪动步伐走上回家的路。

一个大约十二岁的少年在他身后嚷嚷道："嗨，你的帽子掉了！我帮你捡起来了。”

汤森转身从少年手里接过帽子，粗略地掸落上面的尘土，翻过帽子准备将它戴上，然后，他站住了，盯着帽子的内侧，那里面的防汗带上写着两个缩写字母——“DN”。

他摇了摇头，将帽子递还给那个孩子，说：“你从哪里找来的？这不是我的帽子……”

“这就是你的帽子！你滚下去的时候我看着它从你的头上掉下来！”

汤森疑惑地抬眼看了看周围凌乱的人行道和路边的水沟，四周见不到任何其他的帽子。

他戴上帽子，并沿着原路继续走在街上。但他心知肚明，他头上正顶着别人的名字缩写。

他四下环顾，有些不明所以，他到底来这里干什么？这是一条位于贫民窟的街道，熙熙攘攘地挤满了人，街上到处都是散落的手推车。是办公室派他来处理什么公事？还是维吉尼亚让他来这里办什么事？意外事故的冲击已经令他完全不记得自己来到这里的初衷了。转过街角，下一个路口树立着一块路牌，上面写着“提拉瑞街”，绕过路牌，他继续往家的方向走去，路上，他心不在焉地在口袋里摸索着找他的香烟。

他摸到的并不是他平时带着的那个烟盒，不同于他熟悉的那种廉价的皱巴巴的纸盒，他摸到了光滑的珐琅质地。那是一个薄薄的圆形烟盒，四周用黄金勾边装饰，闪烁着刺目的光芒。

他急忙将烟盒丢弃在一旁，仿佛它咬痛了他的手。他直直地盯着地上的烟盒看了半天，最后，俯下身去，颤抖着手将它拣了起来，把它打开，里面放的烟甚至不是他常抽的那个牌子。

烟盒里外什么标识都没有，他不知道这是谁的，也不知道这烟盒怎么会在他手里。

他把它放回自己的口袋里，强迫自己继续走。他不敢在原地站得太久，一种诡异的恐惧冲出他的脑海，悬挂在他头顶上方，他害怕继续胡思乱想会将这恐惧的力量全部吸引过来，仿佛雷击一般落在他头上。他想回家，异常迫切地希望立刻回到家里。

他登上一辆公交车，离家还有不少路呢。

他一路搭乘公车，尽管车里亮着灯，他却觉得像是躲在某种阴影里。下车后，他转过一个街角，卢瑟福街熟悉的景象终于出现在他的眼前。

他拖着沉重的步伐走向自己的公寓，只有几步之遥了。尽管街道看起来依然熟悉，但似乎又有一些不同，一些随处可见的小细节似乎不同了，但他说不清究竟是什么变化。他看到他认识的孩子们正在玩耍，但他们看起来都长大了不少。

他看见了家就在前面，他到了。转身正要进门时，他忽然停了下来，全身僵硬地站在那里，脚步停留在门口最下方的台阶上。

他的脸色僵硬，盯着自己家两层小楼的一楼左侧的窗户看。今早到底发生了什么？看在上帝的份上，这到底是怎么了？

窗帘被摘走了，窗格玻璃模糊不堪，上面满是灰尘，看起来像是几个星期没被擦过了。维吉尼亚总是让玻璃窗保持干净明亮，怎么可能才一个上午就让窗户就变成了这副样子？也许是她倒了什么灰粉或去污剂在上头，也许是她正尝试什么新鲜的清洁方法。而且她把窗台上的天竺葵盆栽也挪走了。

他向屋内走去，脸色依旧苍白，还未从刚才的巨大冲击中恢复过来。他发现自己身上的钥匙不见了，大概是掉在意外现场了。他不想再浪费时间找钥匙。他想要进屋去，逃离这一切诡异的陌生感。他慌慌张张地敲了敲门，门把手叮叮当当地作响。

维吉尼亚没有来开门——她不让他进门——他几乎无法站稳。他又回到门口，打电话给弗洛姆太太，看门人的妻子。

她马上就来到门口，对他的出现表现出不同寻常的诧异，好吧，她也成了这诡异情形的一部分。弗洛姆太太说："汤森先生！你怎么会在这里？"

"我……"他茫然地重复。

"你想收回这套旧公寓？只要您说话就行，房子都准备好了，上一任租户六个星期前搬走了。"

"我的旧公寓？六个星期……"他用手扶着墙，稳住自己，"我想进来喝口水，行吗？"

弗洛姆太太跑着去给他倒水，满脸震惊。

他感到自己的怒火上升，因为这些令人心寒又深不可测的神秘问题。他努力维持着自己的心理平衡："我是弗兰克·汤森。我像平常每一天一样下班回到家里。为什么会发生这样的事情？"

弗洛姆太太回来时，他已经努力恢复了表面的平静。他直觉地知道，无论是弗洛姆太太还是其他什么人都不能帮他。他的问题只会被耽搁，他甚至可能会被抓起来。这世上只有一个人，一个他能完全信任的人——维吉尼亚。他想马上去找她，不管她现在身在何处。可是，她到底在哪儿？

他尽量让自己听起来很随意，问道："你能告诉我，我太太在哪里吗？刚才有块石头掉下来砸到了我的头，我还有点晕乎乎的，搞错地方，才跑来了这里。”

弗洛姆太太依然脸色苍白，但她还是回答了他的问题。

“汤森先生，您太太现在住在两个街区外的安德森大街那里，就住在街角的第二栋房子里。她来过这里几次，看看有没有她的信件，所以我碰巧知道这些。”

“谢谢，”他虚弱地说道，转身准备离开，“你看，真可笑，我把自己搞得这么……狼狈。”

她一直把他送到门口，一脸担忧地摇摇头：“如果我是你，我会小心处理，你可能有些轻微的脑震荡。”

他转身快步离开，胸腔里心脏像打鼓一样激烈地跳动着。他完全吓坏了，这可怕的神秘感已经牢牢驻扎在他的心里。首先，他帽子的防汗带上写着的不是自己名字的首字母；然后，他口袋里有一个他从未见过的烟盒，里面装着的烟甚至不是他平时抽的牌子；现在，毫无预兆的，一天之内，他的住处变了，而他的看门人太太讲，这仿佛已经是好几个星期甚至几个月前的事情了。

他向着安德森大街的方向跑去。

最后，他找到了那栋屋子，他看见信箱上写着她的名字，尽管，那也并不是她的名字——“维吉尼亚·莫里森小姐”。为什么维吉尼亚会住在这栋陌生的房子里？还用着她婚前娘家的姓？

不管这一切到底是怎么回事，他知道他已经接近真相了。几分钟之内，他将会得到他想要的解释，但同时，也不再留有任何自欺欺人的机会。这事情的诡异程度已经登峰造极，任何普通的解释都已不再适用。他渴望听到答案，但同时又害怕事情会变得更为糟糕。

他按响了门铃。门闸打开了，他走进大厅内部，在那个与门铃上标着的数字一致的房门前停了下来，等待着。

这等待的几分钟对任何人而言都将是种折磨。这几分钟里满是诡异的陌生感，就好像人忽然变得神智不清；这几分钟里他像是在焦急紧张地等待什么事发生，却又不知道会发生什么。

他听到门后传来的脚步声。他往后退了一步，离门远了一点，站到一旁。然后，门把转动，门锁被扭开了，门微微打开了一条缝，差不多是人脸的宽度——于是，他们就这么面对面地看着对方。

他和她，弗兰克·汤森和他的妻子维吉尼亚·汤森。他总是叫她“洋娃娃”，她总是令他想起洋娃娃玩偶，那种时髦的洋娃娃，半扭着身子坐在梳妆台前，也许是因为她四肢修长，而且总是有一种特别的坐姿。她不仅仅是坐在椅子上，有时也侧坐在椅子的边缘，甚至是坐在椅子的扶手上。而且，她总是把眼睛上方的刘海梳成一直线，这让她看起来很像个玩偶。而且，她的嘴很小，看起来像是用红色勾勒的一个小褶皱。

是的，这就是维吉尼亚。

然而这一刻，洋娃娃看起来有些皱巴巴脏兮兮的。尽管她没有改变，但她确实有一些不同。一切还是原来的样子，但也并非全无异样，仿佛有一些褪色、有一些淡化。一切看起来都不像是以前那么光鲜亮丽了。

她看起来像是要昏倒在他的面前一般。他扶住房门稳住了她的身体。她将额头抵在门框上足有一分钟之久，仿佛她的眼睛太过疲倦，必须要以这样的方式支撑整个头部，休息一下。然后，突然之间，她冲进了他的怀里。

她靠着他急促地喘着气，仿佛呼吸困难的样子。仿佛被传染了一般，他觉得自己也有些呼吸困难。

“维吉尼亚，亲爱的，让我进屋。”他说，“太可怕了，发生的一切都很诡异。我想进屋和你待在一起。”

她关上了门，用背抵着门，双手紧紧地抱着他，仿佛如果她不抓住他的话，门背后的世界就会将他夺走一般。然后，他走进卧室，坐在两张单人床中的一张上，脱下了自己的鞋子。

他注意到，一张床上的床垫已经被挪走了，光秃秃的床架被搁在墙边，上面堆满了各种不伦不类的箱子和器具。而另一张床上一切井井有条。他在那张床上躺了下来。她走进来，手里拿着冰袋，将它敷在他的额头上。

然后，她坐在他的身边，用双手握着他的手，放在自己的脸颊上。她什么也没有说，但他可以感觉得到，和他一样，她也吓坏了。

他充满疑问地不停打量着她，最后，他脱口而出：“维吉尼亚，那瓶人家圣诞节送给我的威士忌……”

“我收着呢。”她用一种近乎哽咽的声音说，起身站起来走了出去。

他觉得，他需要那瓶酒。

她回来，递给他一杯威士忌。他将杯子紧紧地握在手中，仿佛他的生命取决于他能否抓紧这杯威士忌。

“维吉尼亚，这有点可笑，我像是迷路了，我不明白，可能是头上的伤闹的，但我想听你告诉我这是怎么回事。街上有些事情看起来也有些奇怪，但那都不重要，最困扰我的是——为什么你这么突然地决定搬家？今天早上我出门去上班的时候，你也没有告诉我这事……”

她用双手捂住了嘴，交叉在脸上的手指不住地颤抖，哽咽般的哭泣声从指缝间传来。

他从床上直起身靠近她，用力拉开她挡在嘴前的手：“维吉尼亚，回答我！”

“弗兰克，噢，天哪，你在说什么啊？今天上午？我从卢瑟福街搬到这里已经一年半了！”

他们就像是两个因恐惧而精神失常的人。

他颤动着手腕举起杯子，将威士忌一饮而尽，玻璃杯跌落在他的床边。他用双手紧紧抱住自己的头，仿佛他的脑袋正要炸开。

“我还记得今天早上在门口和你吻别！”他绝望地说，“我还记得你出来叫住我，提醒我说，‘你带着围巾吗？今天很冷。’”

“弗兰克，天气足够说明问题了。”她说，“现在很暖和，你没有戴围巾，甚至没有穿大衣。你离开我的时候是冬天，而现在是春天。一九三八年一月三十日，你就是那天离开我的，我从未忘记过那个日子——我怎么可能忘得了？至于今天，等等，我让你自己看吧。”

她步履蹒跚地再次走出房间，拿回来一份晚报，递给他。他的视线急切地扫过上面写着日期的那一行。

“一九四一年五月十日。”

然后，他松开了手，报纸散落一地，而他抱着头拼命地试着回想一切。“我的天啊，这段时间里到底发生了什么？这几个星期、这几个月、这些年来，这些时间都到哪里去了？我还清晰地记得一切细节，那个早晨前的所有一切。我还记得那天我们吃的早餐，我甚至还记得前一晚我们去看的那场电影，我们去罗沙利拜访麦克唐纳和埃迪。那就像是昨晚！而现在，刚才在提拉瑞街上，有一个建筑模型倒在了我的身上，我在那里爬起来之后就回家了，想回到属于我的地方。可这些年里到底发生了什么？”

“你什么都不记得了？”

“这些年好像一秒之前就闪过了！甚至更糟，哪怕只是一秒，如果努力回想的话，也许会记得些什么。这些年对我而言就像是从未存在过一样！”

“也许，我们去看看医生……”

“没有医生能找回我的记忆。那是我的记忆，不是他们的。”

“以前我读到过这种案例，”她试图安慰他，“失忆，人们是这么说的。那个早晨你离开家去上班之后的那段时间里，一定有什么事发生在你身上了，例如意外、撞击，就像今天晚上在提拉瑞街上发生的那种意外，也许是哪个孩子打飞的棒球击中了你的头。无论如何，你自己站了起来，没有外伤，但忘记了自己是谁，忘记了你要去的地方，忘记了回家来找我。而你身边目睹了一切的人都没能帮助你。你的西装是那天早晨刚刚从洗衣店送回来的，你走得很匆忙，没有来得及将身上的个人物品放进新洗好的西装里。任何私人物品都能提供一些信息，一个旧信封、一张账单，但你身上什么也没有，一丝线索都没有。”

“但现在，”她说，“弗兰克，你回来了，这才是最重要的。

我们把这些都忘了吧。”

他觉得不再那么害怕了，随着时间的推移，他们谈起了更多的事。但内心深处，他依然觉得惶恐不安，和维吉尼亚相比，他依然深受这一切的困扰。

这很自然，迷失了身份的人是他，而不是维吉尼亚。他回到了她的身边，对她而言，一切谜题都解开了；而对他自己来说，这一切依然令人费解——就像是重获安全感之后，站在阳光照射的崖边而他身后的无底深渊正张开大口。一步踏错——

这天深夜，当他们关上灯在房里安静地躺着时，他忽然坐起身，额头满是冷汗。

“维吉尼亚！我很怕！打开电灯，这黑暗让我害怕！在过去这段时间里，我到底在哪儿？我是谁？”

第二章

他回到了之前工作的地方，找到了一份与之前相似的工作。在他失踪之后的那一周，维吉尼亚告诉他的雇主，他因为神经衰弱，不得不去其他地方疗养。她的骄傲令她无法容忍别人以为她不知道他去了哪里或不知道他发生了什么事。所以现在，当他再次出现时，立刻有人为他安排了职位，而且没有人问他太多的问题，人们多少带着些同情看他，这反而让事情变得不那么尴尬了。

熟悉的日常工作令他的生活慢慢步上正轨。那段空白已经渐渐隐入了过去，他甚至开始大胆地期望，也许在未来的某一天，这会成为很多模糊的记忆中的一段，成为两人共同经历的、依稀记得却从不谈论的事情之一。

每一天都变得漫长。当他结束工作离开办公室时，外面的街上，天色依然亮着。他在街角处买了张报纸带回家，然后匆匆赶到他平时搭乘巴士的地方，与一两个已经站在那里的人一起等车。

等待巴士的时候，他打开报纸，开始阅读。当他举着报纸的时候，它挡住了他的脸的下半部，尽管他并非刻意如此。

巴士显然是晚点了，他在那里站了一两分钟。这时，他的眼睑抽搐了一下，抬起了视线。这是一种被人盯梢的感觉。

当汤森从报纸里抬起头露出脸时，身旁的人行道上，人群中一个正要与他擦肩而过的人，立刻注意到了他。那人漫无目的的扫视变成了凝视，紧紧地盯着汤森，而这种凝视很快又变成了来来回回、充满探究的审视。

这盯着他看的人打乱了自己轻快的步伐，迈了一小步，然后干脆忘了迈步，双脚死死地钉在地上，完全停住了自己的脚步。

在一瞬间里，汤森瞄到了他的样子，并将之牢牢地记在心中。他身材结实，中等偏矮的个子，但不能算是小个子。帽子盖住了他的头发，唯有两侧剪得太短的部分露了出来。他厚重的深色眉毛下是一双灰色眼睛，眼神硬朗，毫不温柔，看起来不苟言笑。他是那种从他的表情和脸上完全看不出情绪的人。

他只是人群中一张陌生的脸孔。汤森不认识他，从来没有见过他。但这张脸并没有平凡地随着人群离去，而是停在了那里，像流淌荡漾的水流中突出水面的一块白色岩石。

汤森的心中敲响了警钟。人们不会无缘无故地在大街上停下来，来来回回地扫视另一个人。这个人认出了汤森，或者认为汤森是一个熟人，只是他还未能完全确定。无论如何，这看起来都不像是单纯无害的熟人相逢的场景。这个男人的行动也表明他自己并不太确定。当他意识到自己的行为引起了别人的注意时，已经为时太晚。他公然地盯着汤森看，已经令汤森提高了警惕。男子试着继续走路，让一切看起来不那么突兀。他退回到熙熙攘攘的人行道上，回到之前与汤森之间比较正常的距离。

但没过多久，前方不远处的一个展示窗口似乎吸引了他的注意，他改变了方向朝那里走去。那个橱窗距离挺远，在他斜对面，他在这种距离绝不可能看清那橱窗里陈列的东西并产生这么浓厚的兴趣以致于停下脚步。他在橱窗前停了下来，全神贯注地往里看。

汤森知道，陈列橱窗的玻璃上，有自己的镜像。

内心的警钟一直响个不停。汤森冷静地安慰自己："我马上就要离开这地方！"

他不可思议地让自己的脑袋保持一动不动，同时迅速衡量了各种可能性。

巴士将会变成一个四个轮子的陷阱，如果这个跟踪者跟着他上了车，一旦他们两人在同一辆巴士上，那汤森就再也没有机会躲开他。

如果回到自己工作的地方，等上几分钟，乘下一班巴士的话，当他再次出现的时候，这个跟踪者很可能仍然躲在周围，那样，他就知道汤森每天什么时间从哪里下班了，现在他还并不知道这些。

如果只是绕着街区稍微走动一下，希望能甩开这个跟踪者之后，再回到这里的话，那么两个人就可以保持一定的距离，在同一个街区里向同一个方向行走，但他还是可以跟着汤森。

当猎物陷入困境时，无论是四条腿的动物还是两条腿的人类，都会本能地想要在地上找到一个洞，再也没有比这更好的掩护了。下一条街有个地铁入口，汤森以前从未搭乘过地铁，因为地铁总岔开了老远一段路，前往另一条街道上的下一个站点，离他的目的地很远，并不是他从回家的最佳路线。

但此时此刻，遮遮掩掩的跟踪监视带来的威胁和严重的不安已经扎根在他的心中。绕点远路不算什么。他决定去地铁站试试运气。

汤森微微转过脸，并没有完全往后看。那个陌生人盯着陈列橱窗已经看了很久，久得不正常。熟悉附近的汤森知道，那个橱窗里陈列的是手术带和矫形支架。不管这个跟踪者到底需要什么，显然他本人并不需要什么辅助设备来矫正他的姿势。他的背部笔直挺立着，腰部则平坦结实，看起来灵便自如。

汤森暗暗调整了手中报纸的宽度，做好准备。他在等待光线的变化，然后采取行动。在全速奔跑之前，他先是以突然而轻快的步伐，移动了。

当汤森在地上人行道上穿梭时，他并没有回头，尽管他非常想要那么做，就像所有被跟踪的生物的本能那样，但他控制住了自己。他走到了马路对面，当街角的大楼整个挡住了两人之间的视线时，他轻快的步伐立刻转变为大而快速的跨步，他走得很快，但又保持着自然的速度，以免引起周围人们的怀疑。

对面的这条街并不长，事实上根本不够长度让他有个从容的开始。前面就是一个通向地下的长方形的缺口，像是个陷阱，但那却是他的目的地。他的脚后跟在金属楼梯上发出清脆的脚步声，听起来像是摇骰子的声音。这是他唯一的机会，他别无选择。

在台阶的一半，他停下来回头看了一眼身后。他瞄到了一双鞋子，他看见的东西让他在余下的台阶上快步飞奔。

跟踪者正全力穿过街道跟在汤森的后面。他真的是在跟踪他，他打定主意要紧跟着汤森不放。

到达地下站台之后，汤森有两个选择：穿过地下的车站平台，去往对面的出口，然后向上走到对面的街道上去，那样的话，那个跟踪者只要待在对面的人行道上就能跟上他；或者，躲在站台上，哪怕地铁列车一分钟后就到达，这点时间也足够让跟踪者追上他了。

一阵吼叫似的响声传来，像是隧道中呼啸的风声，一绿一红的车灯准时出现在隧道底端。汤森下定了决心，也许从站台登上列车需要花费一分钟的时间，但他也许能藏身在上车的人群中。当列车快速驶进站台，车窗在站台上的人们眼前眼花缭乱地闪过时，他冲向了转角处的检票闸口。

他为自己多年来总是准备充裕的习惯而感到庆幸——他总是从口袋里的零钱中抽出一枚硬币，用作每天上下班的车费，这通常可以让他省下在一堆硬币中翻找的时间。而现在，这也让他不用绕路去满是人的换零钱的地方去买票。检票处投币口的反射光将硬币上托马斯·杰弗逊闪闪发亮的头像幻化成了蒙面死神，但他幸运地快速冲进了站台。

他知道，此刻每一秒都可能攸关生死，但他已经做出了决定，就像赌博一样，他已经无法回头了。他没有登上靠他最近的那个车门，免得自己看起来真的像个逃犯，而是沿着站台疾步走到远处的一节车厢，那里已经处于台阶上的人的视线外了。他小心计算着车门关上的时间。在车门即将关上的瞬间，他侧身冲进了倒数第三个车厢里，只差那么一点，他就要被门挤到了，如果那样的话，车门上的橡皮闸就会被顶开，然后关门的过程就会一个车厢接着一个车厢地再来一次，那可要浪费不少时间。

他赢了吗？小小的、闪亮的车门指示灯亮起，关门的信号发送给了驾驶员。地铁列车终于脱离了站台，尽管还没有驶离。

如果追踪者够聪明，直接跳上了汤森避开的那个离台阶最近的车门的话，他可能也在车上了——此时此刻，他也许就在这地铁列车上的什么地方。

这念头令汤森不安，他的肩膀耷拉了下来，无力地倚靠在车门转角处。

地铁列车开始向前滑行，站台被甩在了身后。

这种惶恐不安本会伴随着汤森回家的整个路途：每一刻，都无法知道下一秒人群中会不会伸出一双手从背后抓住他；或者在他无知无觉的时候，某顶帽檐下的某双监视的眼睛正紧盯着他不放；也可能当他到站下了地铁之后，在自己熟悉的环境中继续被陌生人跟踪。

然而，他不需要担心了。

当他所在的车厢驶过站台中央时，他看见那个跟踪者就站在外面的站台上。他一定是错过了时机，有什么事拖住了他。也许他没有备用的硬币，尽管与塞入硬币相比，他有可能直接钻进了入口处的栅栏。也许一时间他需要检查太多可能的方位——站台、车站洗手间、升降机柱子的背后——那一刻的犹豫令他错失了机会。有更可能是那些冲向站台的人群，汤森刚刚好避开了的人潮，挡住了他的路，以至于他没有赶上这班地铁。

汤森的运气令他赢了这一场博弈。

跟踪者沿着站台跟着列车奔跑，向一个接着一个通过的车窗里张望，但终于他还是落在了列车的后面。

透过车门玻璃，汤森的视线与他的视线相遇，这短短的一秒对视，是这一天里他们最后一次视线相交，汤森依然不安而恐慌的眼神与追踪者怀抱不可告人目的的狰狞眼神。

这一次，追踪者没有再试图掩饰，在车厢玻璃外昏暗的灯光下，他第一次与汤森直面相对。他没有再假装他并非有意，也没有再掩饰他的图谋，阴影中的他表情冷酷，灰色的双眼里闪烁着冰冷的光。他反手从身后拔出了一把枪。

汤森吓得无法动弹，他甚至没有蹲下身子躲到车门下方的金属后面。当人们遭遇惊恐时，通常会膝盖发软，而汤森的膝盖却完全僵直了，他完全无法控制自己的腿。他就像是一只被蛇吓坏了的鸟，完全无视周围四散逃离的人群，僵硬地呆在了原地。

那疯狂的一刻，汤森几乎以为追踪者要向他开枪，但他并没有。他挥舞着手臂用枪托用力地砸车门，发出沉闷的撞击声，透过玻璃传到车厢里。车门玻璃微微下陷，形成一个个锥形水泡，几乎让人产生错觉以为这玻璃是有弹力的塑胶。

可这玻璃还是管用的，它并没有被打碎。

追踪者试着打破车门玻璃，试图从那里伸手进来拉下紧急刹车闸，让地铁停下来。看上去很疯狂，却并非不可行。他站在车厢外狭小的金属踏板上，紧紧攥住车厢与车厢连接处的金属搭扣，将自己挂在行进中的地铁列车上。汤森以为他会一直待在那里，直到列车驶向地铁隧道，而他会撞在隧道的墙上，进而被卷入地道的转向轴里，一命呜呜。

但外力的介入阻止了他。一名地铁安全人员从背后抓住了他，拖着他的手臂，干净利落地将他从车上拽了下来。这仿佛拉孔奥雕像①一般的场景从汤森的眼前飞快闪过，被行进中的列车甩在了后面。灯光明亮的站台渐渐也消失在视线外，放眼望去是漆黑一片的隧道。列车的速度越来越快，畅行无阻地驶向前方。

此后的一路上，汤森都在想着："他完全可以朝我开枪，看起来他并不想杀死我。"但即便这样，也未能丝毫减轻他的恐惧。

他什么也没有对维吉尼亚说。他也不知道该从何说起，他只能描绘出一副充满恐怖的氛围，而无法提供任何实质的细节内容。街上有个陌生人一直跟踪他——这听起来太虚无缥缈了。他不知道跟踪者的身份，不知道他想要干什么。甚至不知道，那人想要跟踪的人到底是谁。

他只知道过去那段他毫无记忆的日子并非被动的、平淡的。就在刚才，那段匿名的过去向他喷射出了火红的火焰，仿佛正试着要将他拽回那深沉的迷雾中。

---

① 拉孔奥雕像：拉孔奥是希腊神话中的角色，《荷马史诗》中描写到他在特洛伊战争最后阶段的木马计中警告特洛伊人不要接收希腊人留下的木马，指出这会给特洛伊带来灾难。一尊著名的大理石雕刻《拉奥孔与儿子们》描绘了这位神话人物死亡的场景，雕像塑造了拉奥孔左臂向上右臂回折的痛苦造型。这一雕像对后来的文艺复兴进程和许多文学创作都产生了美学上的影响。

第三章

此后的一整天，他依然惶恐而紧张。然后，第二天，他的呼吸似乎变得轻松了一些。然而，第三天，他的自信心又被击碎了。人群中，他再一次看到了那张脸①。

但一个小小的意外拯救了他——甚至不能称之为意外，不过是一件微不足道的小事，令他停下了步伐。当他正要走出工作地方的大楼时，他被松开的鞋带绊了一下，正是那一刻，他看到了窗外那双监视的双眼，那个曾经在地铁里追逐他的人。

他们离彼此只有几英尺远，甚至比三天之前两人之间最短的距离都近。打个比方来说，他们的胳膊肘几乎要碰在一起。那男人正在跨过拱门，往人行道的方向走去，如果不是鞋带打了个岔，汤森应该已经和他撞在一起，可能几乎就要踩在他的脚上。

---

① 原文为“a Face in the Crowd”，意为“人群中的一张脸”，但是同时也是上世纪六十年代一部知名的美国电影《登龙一梦》的片名，该电影讲述了一位记者发现一个乡下人很能侃，便把他带到电视台上镜，结果赢得了大批观众成为了知名的脱口秀主持人。

汤森知道他并没有认错人，那就是他的跟踪者。在过去的几个夜里，他一直是汤森的噩梦中挥之不去的部分，汤森因而对他非常熟稔了：那笨重的肩膀、腰部的赘肉、走路时摇摆的样子，那是一种肌肉完全协调的姿态。在汤森的梦境中，他总是穿着同样的衣服，戴着同样的帽子，而且依然是那双灰色的双眸，以及一样冷硬的眼神。

汤森的第一个反应是转身回到楼里，往深处走，用长长的拱廊将自己与这种无处不在的威胁隔离开来。但，他却偏偏不受控制地跟随着这男人往外走去，想看看他到底要去哪里。

汤森的办公楼与街角之间有个擦鞋摊，从那里可以清楚地看见巴士站。汤森好看见那个满身灰色的身影离开人群，踩上了擦鞋摊摇摇晃晃的脚蹬，在两把椅子中的一把里坐了下来。摊子上方支着一把条纹帆布伞，用来为客人遮挡阳光。遮阳伞的阴影遮住了他大半个脸，当他从口袋里拿出一份报纸，打开之后，又遮住了剩下的半张脸。

就这样，他隐匿于擦鞋店的凳子上，只剩下搁在擦鞋脚蹬上的一双鞋。

擦鞋人蹲下身，抖开绒布除尘布，开始工作。然后，他挠了挠头，几次抬头看了看面前那张报纸后的客人，像是不确定他到底该怎么做一样。那双鞋一定还非常锃亮，根本不需要擦。不过，汤森清楚地知道，男人坐在那里的目的压根不是擦鞋。

监视者的目光胶着在两个点上，到目前为止，他将一切尽收掌握。第一个点是那个巴士站，那里最有可能是汤森结束一天工作一贯上车的地方。而另一个，则是每天的这个时间，按照汤森的习惯，最有可能路过的地方。虽然今天，他的这两个监视点都有可能落空，但汤森知道，跟踪者对他行踪的掌控是完全正确的。

他再也不会在那个巴士车站上车了，永远不会，现在他每天上下班时不得不绕弯路以躲避危险。无论是从家里还是从办公室，他都在一条街以外的巴士车站上下车，每次绕行一个街区才抵达目的地。

他回到办公楼里，从另外一个出口处离开了大楼，并快步走到他改换上下车的车站。一路上他回头看的次数比往前看的时候更多。路上每一个穿灰色西装的人看起来都很危险，一直到他看到巴士车站上方那个粉红色椭圆形标志才安心。

回到家里，公寓四壁环绕所营造出的安全感让他忽然涌上虚假的勇气。他想着：为什么下一次我再遇到这个男人的时候，不干脆走上去，问问他到底想干什么？我甚至不知道我在逃避什么，那么我为什么要逃跑？也许不过是认错了人罢了。下一次见到他的时候，我为什么不坚持到至少找出事情的真相？

但他知道，下一次也不会这么做。当下一次他真的又看到那个跟踪者时，他真的没有那么做。

这场追逐的节奏变得越来越快，他周围所布下的监视网也收得越来越紧。

下一次汤森见到跟踪者时，他已经找到了他工作的那栋楼，并走了进来。而这一次，汤森差一点点就要跟他撞个满怀，他们之间近在咫尺，而那令人难以置信的奇迹又一次发生了，他能再次避开这跟踪者，简直不可思议。

当时汤森的烟正好抽完了，当他早上抵达工作大楼后，他走进了办公楼里的折扣药店去买烟。就在收银员给他找零钱，汤森漫无目的地看向窗外时，视线正好对上大楼的大堂。

映入他眼帘的是三天前的那张脸孔，依然是从灰色的帽檐底下露出了一半脸。跟踪者正站在电梯前与电梯操作员说着些什么，而他离汤森所在的药店的玻璃窗很近很近。

电梯操作员抿起下唇，点了点头。这出哑剧的意义对汤森来说，简直一目了然。他仿佛能听见操作员正在说："是的，我看到这么一个人最近几天在这里进进出出，他一定是在这楼里什么地方工作。"

汤森回到这里工作不过才一周，操作员对他并不熟悉。

跟踪者将眼睛藏在帽檐的后面，又问了操作员一句什么，嘴唇几乎都没有怎么蠕动。

操作员摇了摇头，对这大楼外源源不绝的人流摆了摆手，无可奈何地耸了耸肩。他的意思非常清楚明白："你瞧，这么多人来来往往的，要跟踪其中每个人或者任何一个人，都是不可能的。"

药店的柜台后面忽然传来一个声音，击破了从刚才起就一直笼罩汤森全身的僵硬状态："我能向你介绍一下这两件商品吗？都有特别折扣哦。"

汤森转过身，快步向门口走去。他猛地跑出了药店，来到街上。他神经质地往身后看，并没有灰色的眼睛在他背后或者转角处窥视，他成功地从跟踪者的视线中消失了。但他知道，这一切没有完。

他接着往前跑去，逃避未知的危险。

说起来总是很容易："面对现实吧！面对它，不管是什么，一次性地解决这事！至少，在你逃开之前，你要弄清楚你到底在逃避什么。”

但是，他做不到。这就像是从高处跳下，也许你能安全着地，也许不能。但毫无疑问的是，你一旦跳下，就再也无法回到原先站立的那个高处了。只要他开口和这个跟踪者说话，他再也无法恢复自由了。不管这个男人想要从他这里得到些什么，一旦让自己和他产生交集，就再也不会有机会摆脱他了。这个男人有一种可怕的坚韧，他挂在地铁车厢上使劲用枪托砸车门的那一幕就是最好的证明。这可不是什么三心二意的捉迷藏或者随随便便的举动，他已经用行动告知这是一场实打实的追捕。

他快要到家的时候，想到了维吉尼亚，又开始焦虑烦恼了。要不要告诉她他打算放弃了这份工作呢？

为什么不等等呢？难道还要让她再增加一个烦恼吗？

她承受的已经够多了。他完全可以再找一份工作而无需跟她解释辞开这份工作的具体原因，他完全可以让维吉尼亚相信新工作的待遇更好。无论如何，他不用急着告诉她，他可以先找个公园，每天上班时间去那里待着，消磨时间。

他坐在蜿蜒小路旁的板凳上，阳光下，他四周的草地一片生气勃勃的绿色，缓解和抚慰着他内心的不安与动荡。他坐在板凳的边缘，时不时向手掌呼气，仿佛是在保持双手的温暖，而其他绝大部分时间，他漫无目的地盯着地下的空白处，过去的点点滴滴一直盘旋在他脑海中，萦绕不去。

但他的问题并没有答案，他的心依然揪着。“那个男人来自‘那段过去’，肯定是，不存在其他的可能性。他并没有认错人，他认识我，但我并不认识他。他是我完全遗忘了的那些年的一部分。”汤森明白，这正是他最恐惧的源泉——神秘而未知的光环笼罩在这些问题上。与他人相比，他并非是个懦夫，他并不是真的害怕那个男人，如果这一切发生在以前，他一定会直面这个跟踪者。而现在，他的问题并不是身体上的怯懦，而是精神上的恐惧。

这个男人从未知的阴影里走出来，恐惧仿佛是他携带的一种特殊武器。他不依不饶的追踪恐怖而骇人，汤森却完全无法去正面迎接这种挑战。他刚刚经历了一场深刻的心理冲击，还没有来得及从中复原。

也许，未来的几年里，他都无法完全从中复原。

在这样一个时刻，心理冲击带来的影响令他无法面对这全新的勇气考验。他需要一点平静，他需要一些安全感。他的灵魂被撕扯成了碎片，需要时间来让它们拼凑到一起。他依然紧张、不安、敏感，他需要时间来安静地调整内心，而不使之受到干扰。

没有人注意到汤森在公园的长凳上一坐就是一整天。他安静的身影一直待在那里，努力冲破回忆帷幕的遮挡，窥探自己的过去。

天色渐晚，孩子们急急忙忙地离开公园。

一两个遛狗人随意地牵着狗绳，跟随在孩子们的后面。又隔了一会儿，鸟儿似乎也都飞走了，至少周围安静了下来。然后，阳光也开始从他的周围褪去。仿佛整个世界都离开了这里，尽管公园依然在，但一切都安静下来，仿佛渐渐正在蜕变成一种恐怖的所在。光明消逝的时刻即将到来。

属于夜晚的一切开始进入视野。蓝色的阴影仿佛张开的手指，缓缓地蠕动着伸向树下汤森所在的地方。渐渐的，越来越逼近，趁没有人注意时往前偷偷推进，当被注视时，则停下来。起初不过是湛蓝色，在白天明亮的光线下几乎不可见。而后变成了深蓝色，向缓慢翻滚的墨水一般，渐渐将草地上的叶片和根系都染上了色。最后，当红色的太阳放松警惕离开之后，阴影变成了黑色，展露出自己真实的色彩。

阴影中最大也是最大胆的那一个，像是某种活跃的动态，正试图越过他的头顶，将他困在其中。阴影跨过小径，灵巧地向他靠近，就像隐蔽的章鱼触手正悄悄滑行。他匆忙将他的脚挪出那阴影的覆盖范围，像躲避某种有害而又拥有智慧的东西。他低头冷冷地看着它，目光充满了不信任，那阴影晃动着，像是一条蛇正因为攻击失败而沮丧。

夜晚，黑暗的笔触正划过公园。夜晚，充满恐惧的时间，是他的敌人。

他想离开这里，他希望回到房间里，点亮灯，关上门。冥冥之中他的意识在颤抖，他站起身来，在暮色中沿着蜿蜒的小路向前走去。只有他缓步往前走的外表像是一个成年人，内心深处他却是一个吓坏了的孩子，正走过妖精树林，用交叉手指的魔法护身符来保护自己。他点燃了一根香烟代替那魔法。

第四章

他并不喜欢糊弄维吉尼亚。他很想对她说实话，有好几次他差一点就说出口了，但每次都在最后一刻阻止了自己。他憎恨这样欺骗她，尤其是面对这样一种模糊而无形的危险。这三年来，她的烦恼已经够多了。每天在餐桌上面对面时，他仍然可以感受到她所经历的一切，她的眼睛看起来总是很忧伤。而且她再也不像以前那样笑了。经历过这样的事情，任何人身上都将留下一些烙印。

因而，他并没有告诉她。让她尽可能享受平和的日子吧。

然而，忽然之间，灵光无声地闪现，照亮了他周围的银质餐具和菜肴，也令他忽然意识到一种他之前完全没有想到的、全新的危机。他的名字、家庭地址，以及有关他的所有一切都在他工作的地方留下了文件记录，哪怕是最不经意的查问，都能获得这些讯息。

当他待在公园里发呆的时候，他完全没有想到这一点。他就像一只自欺欺人的鸵鸟，将脑袋埋在土里，尾羽却依然树立在空中迎风招展。

下一步，不可避免的事情将会发生。追踪者已经找到了他工作的那栋楼，明天，他就能找到确切的楼层，然后，他就能找到那间正确的办公室。一旦他找到那地方，他就能毫不费力地获得汤森的住址信息。追踪者马上就可以跨越汤森辛辛苦苦维持的安全距离，直接找到他家的所在。而汤森再也没有任何简单的躲避方法。维吉尼亚在这里，这里是他的根。

他不过是将事情的进展推迟了一些，最多一两天罢了。

但可能他仍然有更多的时间。从恐惧第一天出现，时间就一直是至关重要的。也许他的同事们会为他保密，不将他的地址外泄。

为了与工作地方的人们取得联系，他简直愿意付出代价，这样在他去睡觉之前，一切都能水落石出，他也能安心入眠了。而如今，追踪的车轮依然在旋转向前，未知的危险令他深感不安。整个夜晚，他的安全感都将是一种假象。晚上六点以后，工作的地方就没有人了，他必须等到明天早上才能联系他们。如果他早点想到这一切，他就可以早点联系他们了，可整个下午他都坐在公园的长凳上发呆。他来回地踱着步，仿佛这样，冗长的夜晚就会因此被消磨掉，像被脚步磨损掉的地毯那被消磨掉。但很快，他意识到，相比坐在椅子上，不安的踱步并不会令夜晚更快地过去，而他，不过是让维吉尼亚跟着他一起忐忑不安罢了。

还有一个安慰：如果他无法在晚上联系同事保护自己，那么他的敌人同样无法在晚上获得任何有用的信息。

早晨，当他睁开双眼时，昨晚的念头立刻在他的脑海中闪现，就像开门时进入黑暗室内的第一道光线："马上给他们打电话，我必须赶在跟踪者的前头！"

他匆匆忙忙地灌下咖啡，迫不及待地拿过自己的帽子，打算离开。

"你不会迟到的。"维吉尼亚试着安抚他，"你今天比平时早了五到十分钟呢。"

他向前走去，回过头对她说："我知道，但我有个电话要马上打。"

他从下一个街角的电话亭里打了过去。讽刺的是，他打第一个电话的时候太早，办公室里没有人应答。

他守在电话旁，心跳如雷，不安地击打着手指。然后，他再次拨动转盘，这次，接线员姑娘熟悉的声音在话筒里响起。

她的语气有些僵硬，不是态度不好而是姿态不对，如果语气也可以视觉化地呈现的话，像是她还没有来得及摘下帽子就俯下身从接线总机上接起了电话。她听起来并不像是安静舒适地坐在电话前面接电话的样子。

"你好。贝弗利，是你么？我是弗兰克·汤森。"

她的语气放软了，变成了正常工作伙伴之间的那种亲密："哦，你好。弗兰克，昨天你怎么了？我注意到你没有来办公室。希望你别是生病了。"

"我以后不来上班了，贝芙①。"他说。

"啊，弗兰克，这消息真让我难过。"她感慨道，"我们都会

---

① 贝芙（Bev）是上文中接线员小姐的姓氏贝弗利（Beverly）的昵称。

想念你的。老板知道这事吗？”

他临场发挥地答道：“我给他寄了封信。”

“好吧，祝你好运，弗兰克。要是你路过附近，记得过来和大家打个招呼，你知道大家都很喜欢你。”

他说：“贝弗利，我想请你帮我个忙，行吗？”

“弗兰克，当然没问题。”

“在任何情况下，都请不要把我的家庭住址提供给其他人。我的意思是说，万一有人来询问的话。当然，很可能根本不会有人来问……”他加了一句，只是为了让这情形看起来更可信一点，“但是万一有人问起的话，你们都将不知道我在哪里，你们也没有我私人信息的任何记录，你明白吗？”

她没问任何问题，就答道：“我明白了，弗兰克，你放心吧。我会跟格特说的，这里只有我们两个知道怎么在文件中找地址信息。等一下，我还是记上一笔，这样比较可靠。”他从听筒里听见她一边说一边记下，“以后，即便有人问起，也不要将汤森的地址告诉别人。”

那一刻，像有冷气喷在他的脸上。他不喜欢“以后”这个字眼。他紧紧攥着听筒，问：“之前没人问过吧？”

她的无知和轻率令她并不了解她的回答对汤森而言的灾难性意味：“是啊，昨天下午有人来问过了，就在下班前一小会儿。但从现在开始，我会确保……”

世界和电话亭忽然陷入黑暗，像一列驶入了隧道的火车。

她接着说道：“等等，格特来了，让我问问她，那人来问的时候是她接线。”模模糊糊的对话声从话筒里传来，然后，她又回到话筒前，对他说："他是在下班前的最后一刻来的，当时我们都准备回家了，她来不及查看文档——你知道每天五点的时候这里是什么样子。所以她按着记忆把地址报给了他，也不确定她记得对不对。"

这些话就像一道银色的光束穿透了他周围密布的乌云。细长而脆弱的光束。但最终，还是努力穿透了阴霾。他说："问问她，她当时是怎么回答的。"

他听到话筒中传来头戴耳机时发出的声音，电话线另一端的接线总机发出的咯哒咯哒的响声，就像是格特探过头来说了些什么。正与他交谈的姑娘笑了起来，说："现在她记得的还不如当时呢。你知道的，格特就是这个样子。"

"好吧，找出我的地址问问格特，她给那个人的地址对吗?"

"等我找找，"贝弗利说，"地址就在这些文件里的什么地方。"从他等候的时间来看，她显然找了一会才找到。

她回到线上，说："我找到了，弗兰克。在这儿，写着：卢瑟福北大街二十号。这地址对吗?"

这是他的旧地址，维吉尼亚在他失踪的那段时间，从那里搬走了。很显然，当他重新回来工作的时候，他们并没有修改记录。他是安全的，他还在追踪者的掌控之外。宽慰之感像洪水一样冲刷过他的身体。

与此同时，他耳旁响起了接线员愉快而吃惊的尖叫声，她们比对了笔记上的地址："她给他的不是你的地址！格特搞混了，把汤姆·尤因的地址给了他。那个人找到那儿之后肯定会气坏的。那个人到底是谁?"

他实话实说地答道："我毫无头绪。"

她接着又问："我们这里的地址对吗？也许老板会给你寄张支票，半个星期的薪水，只有地址正确，你才能收到。"

"是的，"他肯定地答道，"那地址没错。"他会在路过旧居的时候去拿那张支票，弗洛姆太太会将它收好，直到交给他。

挂上电话，他觉得无比轻松。遇到来者不善的追踪者以来，他第一次觉得自己依然是自由的。

实际上，第一次是松开了的鞋带救了他，第二次是一包烟救了他。而这是第三次，一个赶着回家的糊里糊涂的接线员女孩，拯救了他。

他再次回到公园。这次他选择了一条不同的小路，坐在了一张不同的长凳上，然而，他的周围依然是同样的景色，金色阳光照耀下的一片宁静。他无所事事，只是用眼睛来来回回地巡视面前和左右两侧的树木上方密密麻麻的城市建筑物，他的自我防御立刻再次与感官联系到了一起。他的安全感也仅在公园这片郁郁葱葱的绿色覆盖范围之中。在外面的建筑间隙之间，危险依然存在。

他摘下帽子，不耐烦地用帽子拍打小腿，像是有蚊子正在叮他。"危险，我总是说危险，可那到底是什么危险？从哪里来的危险？我做了什么要面对这种险境？"

当然，最显著也直接的答案正是他目前困境的症结所在："三年的时间很长。在这三年里，可能发生很多的事情，带来了这样的危险。"他知道，潜意识里，无论别人怎么说，在这种情况下，他的智力所能带来的所有逻辑都不如他的本能更有效。这并非简单的表面恐惧，而是一种令人畏惧且必须躲避的恐怖。

他的头脑无法辨识这危险。好吧，过去三年，他的大脑一直处于休眠的状态，而他的潜意识正努力向他发出警告。可惜，潜意识无法将这种危险描述清楚，它无法组织起有意义的句子，无法具体地告诉他，这究竟是种什么样的危险。

他心有不甘地承认：是的，在公园以外，在外面的城市里，有一个人正将全部精力放在他的身上，正在寻找他，从一条街到下一条街，从一个街角到另外一个街角。分分钟的时间流逝，一个小时接着一个小时。相比不断移动的追踪者，汤森差不多算是个固定的目标，因为，他迟早会找到他的。

那么，为什么不干脆搬到别的城市呢？为什么只是从一处公寓搬到另一处，置身于同一个危险的区域呢？为什么不干脆离开这里？

他做不到。和所有这个年龄的人一样，他没有足够的积蓄来完成这样一次搬迁。

而且，即便他们真的搬家了，那也不会是一劳永逸的，只不过推迟了危险的迫近。这危险会永远在这里，等待着下一次出击的机会，并永远剥夺他返回这座城市的机会。甚至，某天，危险可能从这里一路追踪他，去往新的城市。

唯一可行的办法是直面这种危险。可没有人能够和一无所知的危险抗争。他的思考兜了个大圈子，又回到了原地。

第二个星期六，当他去旧公寓拿支票的时候，他注意到，他们的老房子依然没有找到租客。他和维吉尼亚年轻、快乐的气息应该还在这栋他们度过了许多时光的房子里快乐地游荡着。

他按下门铃，在公寓门前的街道上站着，等候弗洛姆太太出来。但，出来的是另一个女人，她一脸疑问地看着他，问："是你按铃吗?"

"是的，可我要找的是弗洛姆太太。她在吗?"

"她不在这里工作了。"

有那么一分钟，他不太明了是什么情形。紧接着，他回过神来：这意味着，这里成了一条死路。他什么也不用再说，什么也不用再说，他已经彻底安全了。这个新来的看门妇根本不知道他是谁，也不知道他新家的地址。即便她想，她也没法将他的地址透露给任何人。

他的救赎来得很彻底，已经不必千钧一发般的躲避追踪了，他与追踪者之间已经被彻底切断了联系，他再也找不到他了。他和维吉尼亚，将就此远离危险和不幸。

他踏上了回家的路，口袋里放着工资支票，自从恐怖的疑云降临以来，第一次，他的脚步带着一丝轻快。恐惧消散，自信回归，他甚至发现自己开始轻轻地哼着小调，最终，这小调彻底变成了口哨声。

在那段长长的空白记忆之前，他从不吹口哨，他甚至不知道任何口哨的音调。他吹的一定是一首老歌，但这些都不重要了，他感觉好极了。一名身着灰色西装、灰色帽檐斜搭在眼睛上方的男人从他身边走过，几乎与他擦肩，都没有能够引起他的警惕。他昂首挺胸，吹着口哨，继续向前走去。

他路过一个小小的面包店的橱窗，一只装满了奶油泡芙的托盘映入他的眼帘。维吉尼亚一直无法抗拒泡芙的诱惑，他的心情实在很好，于是，他停下来，买了两个泡芙，准备带回家给维吉尼亚。买类似奶油泡芙这样的东西，一定代表着好心情，那是一种无忧无虑的心态的象征。

也许，一切到此结束了。也许他终于将自己从追踪者的阴影中解放了出来，他终于自由了，他们再也找不到他了。从此刻开始，在明亮的阳光下，他是安全的。

就此远离危险与不幸。

第五章

为了瞒过维吉尼亚他已经辞掉了工作，他不得不花了些功夫。他收到的那张支票不是全周的工资，因而他不得不从自己微不足道的个人存款中，拿出了一些钱，来凑满总数。

当然，他只能这么做一次，不仅仅是因为他的存款有限，而是下一次他需要填补的是全周的工资金额。但从周一开始他就会开始找工作，运气好的话，到下个周末，他真的会收到一张支票，来弥补前一回的资金。

星期一、星期二、星期三、星期四，一直到星期五他都在找工作。他寻找工作的方式与其他求职者是截然不同的。他并不在乎薪水，甚至不在乎这份工作是否与他之前的经验相关。他按照上班的地点来找工作，放弃了那些危险区域的工作机会——那些离他之前工作的地方太近的工作，以及需要搭乘同样的巴士前往的工作。他划出那些与原来的工作地址距离遥远的工作区域，并且与原来工作的地方方向相反的区域，即便这意味着，他需要穿过肮脏混乱的工业区，前往新的工作地点。

他发现自己陷入了一个恶性循环。他需要提供个人背景，但他并不愿意向新雇主提供上一份工作的相关信息。他不想留给追踪者任何找到他的新机会。

他本来可以提供个人背景，但现在，他不敢提供这些信息。

他可能因此而失去了好几个机会。当一个星期过去之后，他必须要告诉维吉尼亚事情的整个经过了，他一直努力让她远离的那些烦恼，现在，他必须告诉她了。

周六，预定的发薪日当天，他本想借机向维吉尼亚和盘托出所有实情，但在他开口之前他就意识到，她一定遇到了什么麻烦。在他还来不及说任何话时，她就开口问道："弗兰克，你的工资支票到了吗？你刚才回来的时候，有看到信箱里有支票吗？"

"没有。"

"那张支票一定是在邮寄过程中弄丢了！"她接着说道，"旧公寓那里也没有收到支票，我刚好路过那里的时候……"

他身体的每块肌肉都因为她的话而僵硬了："你去过那里了？"

"就是今天早上。之前我碰巧在邮局的待收信件盒里收到了你上周的工资支票，那上面清清楚楚地写着我们的旧地址。你从没跟我说过这工资支票是需要去邮局领取的。为了免得他们又把支票错寄到旧地址，于是我跑了一趟旧公寓，确保支票会转寄给我们。"忽然，她停了下来。她看到了他脸上的表情。

"你给了那个新看房人，那个女人，我们这里的地址？"

"是啊，怎么了？我把名字和地址都写给她了，这样她就不会搞错了。"

从此远离危险，他反省着，那意味着你必须一直避免犯错误。

第六章

他失眠了。尽管当他的脑袋挨上枕头的时候，他很快就睡着了，但那不过是一种半梦半醒的状态，他做了一个噩梦，一种最折磨人的噩梦。尽管梦境中并没有什么扭曲的恐怖情景，也没有什么具形的妖魔鬼怪，甚至没有完整的人物。事实上，在整个梦里，只有一双脚，和一条窄窄的仅能容纳那双脚的小径。

那双脚不停地向前走，向他走来，向他的视线中走来。脚下走过的路向后滑去，就像是跑步机的履带。看起来，他正在后退以逃离那双脚，但后者却无情地追逐着他。那双脚不停地向他逼近，脚尖绷得直直地对着他。

梦中这双简单且写实的穿着黑色鞋子的脚——从不奔跑，总是匀速、毫不留情、持续向前走着的脚，却比食人魔、怪物、蒙面恶棍……所有梦境中可能出现的恐怖元素加在一起更具原始而强烈的恐怖感。这双脚是一切噩梦安静而残酷的综合体。

这双脚与脚下那条滚动着的小径一样，自然而逼真。那是一双黑色皮革的厚底皮鞋，仅仅是这皮鞋发出的厚重而持续的脚步声本身就是一种循环往复的恐怖威胁。他甚至能看见鞋子上皮革的亮光，那亮点随着脚步的移动上下起伏，仿佛规律的活塞正在运作。他甚至能听见皮革摩擦而发出的轻微响声，一种吱吱声，柔软的鞋底每次落在路面上而发出的击打声，那是步行的脚步声——有节奏的啪嗒、啪嗒声。那正是漆黑的夜晚里，街道上，当一个人正在走近时会听见的声音。

鞋子的上方是裤子，一种不易辨认的中性色，也许就是灰色的裤子吧。裤子的细节被放大了——并不是尺寸变大，而是凸显出了每个细节的那种放大，就像整个梦境正透过放大镜呈现。裤腿的底部边缘——看起来有些羊毛般的质感——也随着鞋子的移动以及视线外的膝盖的运动而上下起伏着。

但最吸引注意力的依然是那双鞋，它们毫不犹疑，也决不会踏错一步。显然，它们知道自己无需焦虑，因为任何人、任何目标，都无法逃脱一双如此不知疲惫、执着不休的脚步的追逐。

不知不觉之中，这双鞋慢慢逼近不断后退的他，越来越靠近，越来越靠近，始终占据着他梦境内视线范围的一部分——他完全无法逃脱。转身让这双脚越过他离开是完全不可能的，这个梦境里只有一条通路，这唯一的通路就像是将追踪者与他绑在了同一架定向仪上。而鞋底和路面之间开开合合的间隙，就像一张饥饿的嘴正在捕食，满含威胁意味地向不断后退的他逼近，要捉住他、摧毁他、折磨他，牢牢地禁锢住他。

当那双鞋终于追上他的那一刻，梦境被明亮而刺眼的光芒点亮，然后，他醒了。

在慢慢恢复意识的过程中，他意识到了这恐怖梦境背后所交织的含义。那双穿着鞋子的脚，是那天擦鞋摊脚蹬上的影像在他脑海中的投射，那画面一定深深地镌刻在了他的潜意识里，直到今晚，以这种方式出现在他的梦境中。他听说过类似的事情，给人留下深刻印象的东西，事后不一定立刻出现在梦中，有时是几天之后，甚至是几周之后。而追踪者的紧咬不放，在现实生活中都已经多次显现了，出现在梦中也就不奇怪了——那个人一直纠缠不休。

又或者，这噩梦不过是一种预兆，此时此刻，追踪者就在外面的街道上，经过了一整夜的搜寻，当他被动而无所作为地躺在床上时，那个人正一步一步地向他逼近。

他摸到一根火柴，点亮了一根烟。有那么一小会儿，火光照亮了躺在另一张床上的维吉尼亚的脸，淡金色的椭圆型轮廓。火光又暗了下去，黑暗中，传来她柔软的规律起伏的呼吸声。他满怀怜悯地想：感谢上帝，他们之中至少有一个能够平稳入睡。在过去的三年，她一定饱受失眠的困扰，而那段时间里，他却在什么地方安心入睡，并没有什么困扰他的噩梦。如今轮到他了，而她获得了宁静。

窗外的夜空中有一颗明亮的星星，那光亮看着并不友好，甚至有些嘲讽的意味，仿佛正俯瞰着他。

他熄灭了烟，躺下来翻了个身。他失眠了，那噩梦完全摧毁了他的睡意。他在床上不停地翻来覆去，但依然无法重新入睡。

他又想抽烟了，想站起来走动一下。于是他坐起身，穿上了脱鞋。他毫无睡意，所以他套上了裤子，轻手轻脚地走向门口。他轻轻地打开门，没有发出一点声响。然后，又从外面把门关上了。

他在房里点了一盏小灯，这样他就不会撞到什么东西而吵醒维吉尼亚了。他在房里来来回回地踱步。

这可怕的情形要持续多久？他问自己：我该怎么办？迟早我都要做点什么，我不能正视……他停在窗边，向外望去。

突然，他嘴里的烟掉在了地上。

他快速绕过房间，关上了灯。然后，他又蹑手蹑脚地走近窗口，紧贴着窗旁的墙，直到他可以向窗外望去，再看一眼他刚才看见的东西。

窗子的正对面，那里似乎站着一个人，正对着窗子监视着这里的一切。他缩在墙下的阴影里，看起来就像是嵌在墙上的一片沙土阴影。也许这不过是他的错觉，那地上的阴影似乎有一个像肩膀一样的圆形以及下半部分，似乎是地上的黑色淤泥形成了一个类似髋部的形状。

当他屏息凝视，想要看得更清楚点时候，一点挪动改变了那个阴影的形状。肩膀和臀部的线条都不见了，它们向内收缩，消失在墙体厚重的阴影中，只留下原本就应该轮廓鲜明的一条直线形的影子。

是的，他没有弄错。这阴影消失的本身，暴露了追踪者的行踪，那就是他一开始看见的事实。如果那只是他的幻觉和猜想，那阴影的形状应该始终保持不动才对。

他得离开这里，必须马上离开这里。他最后的藏身之处也马上要被发现了。追踪他的人来了，就在这里，十五分钟后，或者半个小时后，他们就要找到他了。

他踮着脚尖走到房门口，听门外的声音，那里有种低沉的窃窃私语声，仿佛一个多情的男子正在依依不舍地与爱人告别。但汤森知道，那里并没有什么情侣，那也不是什么低声的爱语，那声音代表暴力与仇恨，甚至可能是死亡。追踪者不是一个人来的，他还带着其他人。他们都在这里，越来越近了，正准备冲过来。此时此刻，他们随时都可能冲进他家里来。

他转过身，望着卧室的门口，那里有整个世界上他最爱的人。他心烦意乱地想："我必须带维吉尼亚离开，我不想她被搅进来，我不想这一切当着她的面发生——不管接下来会发生什么。"

他走进昏暗的卧室，俯下身，找到她柔嫩的肩膀。他轻轻地按着她的肩膀，尽量不惊吓到她。然后，他快速地摇晃她的身体，直到她醒过来。

"维吉尼亚，你醒了吗？别害怕。"

她坐起身，柔软发间的香水味充斥在他四周。

"你得离开这里，我需要你跟着我一起走。不，别开灯，他们能从后窗看见我们。"

她站起来，像是他身边一个丝绸的影子。她问："他们？谁？"

"我帮你拿了你的外衣，这儿，穿上它。就这么穿上鞋子，我们没时间了……"

她伤心地呜咽着："别，你吓着我了……"

他吻了她一下，希望能给她勇气："你爱我吗？"

"你怎么能这么问？"她轻声耳语般的声音听起来像是受到了惊吓。

"那你能不能信任地跟着我，什么都不要问？我也无法回答那些问题。我只知道，这么做是对的。好了吗？来吧。”

他又回到房门那里。她跟在他的身后，头发乱糟糟的，依然半梦半醒的脸缩在红色狐狸毛领子里。

屋子外面静悄悄的，凝重的安静仿佛一个一戳即破的气球。

他自言自语道：“没想到我们能来得及……”

就像是有人发射了一枚空弹，恰好从他们两人之间穿过。但这响声比空弹更猛烈，也更强硬。房门似乎在巨大的冲击下被炸掉一样，天花板上的灯泡因此而颤抖，桌上的陶瓷器皿因此而跳动着，这振动甚至顺着桌腿一直带动着地面的颤抖，就像是地震，是一种暴力的强行闯入，像是黑夜漫过了他们房门的门槛，冲了进来。这是一场灾难，一切都结束了。

太迟了，她现在完全被拖入了这个乱局，她必须亲眼面对那些他尽力避免挚爱的人去承受的事情。

她紧紧地靠着他，非常害怕。她发出一声惊叫，听起来就像是咳嗽：“谁……那是谁？”

“是我一直想保护你远离的那些人。”他苦涩地答道。

门外的暴力点燃了他的怒火，他脑海中的暴力念头正在熊熊燃烧。他抓住椅子的一条腿，举过头顶，做出一个向下挥去的姿势。他一脸无法掩饰的愤怒：“他们来到这里，这样对你，那么让他们来吧……”

她急忙拽住他的手臂，连同椅子一起拉了下来：“别，弗兰克！别为了我这样！”他看着她扭曲而满是泪水的脸，意识到，他的怒气比门外那些人的暴力更令她恐惧。

她恐惧的表情完全对他起效了，他放弃了暴力的念头。保证维吉尼亚的安全最是他此时此刻最重要的事情，其他一切都无关紧要。

他拉着她后退，远离门口，双手充满保护意味地围在她的肩头，看起来就像是一对不安的舞者，似搂似抱地靠在一起，他们就这样挪动着，想找出一条离开这里的路。他们就这样往前走了三步，靠近紧闭的前窗，然后又一起退回来；又向后走了几步，一直走到俯瞰后院的卧室的后窗，然后又一起退了回来。两双脚在水泥地板上来回走动的声音，与房间四壁共振，听起来动静很大。

“一定有办法离开这里，一定有……”他哭丧着脸，因为维吉尼亚。他并没有哭。

他们又走了三步，靠近厨房，他继续向前走去，心想：不过只是一时的失误，最终厄运还是降临在他身上。他将墙上一个长椭圆形的盖子拿掉，像拿掉厨柜的柜门那样，来到送菜升降机前。“你之前是不是说过，我们这栋楼和旁边那栋共用一个地下室？也许我可以让你从这下去，然后从旁边那栋楼离开。”

她紧握着双手，看着他，眼神中满是鼓励。在外面巨大的响声中说话，就像在轰鸣的瀑布前交谈一样困难。

他猛地拉开两层货架，这架子并没有完全固定在地上。他用货架抵住了轻型升降机两侧的滑门。他说：“你试试挤进去，我会拉住绳子，这样你掉下去的速度就不会过快。”

她矮身钻了进去，蜷缩在升降机里，脑袋顶着低矮的顶部。他将控制绳在手上绕了一圈，免得因为她的重量导致升降机会太快速地跌落到下面。她在那升降机里摇摇欲坠，还穿着狐狸毛领的外套，看起来有些可笑。

“弗兰克，等一下你就会下来找我，对吗？你不会留在这里的，对吗？”

“马上，你下去之后我就过来，在原地等我。”他怀疑自己还有没有九秒钟的时间从升降机通道中下去。房间的木门已经开始碎裂，钉子和铰链都发出了吱吱嘎嘎的响声。在门的那头，大厅里，他们一定在用斧子用力地砍着。

“亲爱的，小心你的头，要向里一点，这样就不会被机身打到。”

皮带轮呼呼作响，他努力控制着绳索从他的手中划过。维吉尼亚的脸渐渐从他的视线中消失，充满讽刺意味，这一幕仿佛在模拟某种活埋仪式。幸好，这里通往地下室的路程并不长。升降机掉在了地下室的地上。他已经竭尽全力控制下降速度了。他俯下身往下看，全身都因为害怕而僵硬着。他担心她不能安全地离开升降机。下面一点光亮也没有，但绳子的轻轻一下摆动告诉他，她已经安全离开了。他很快把升降机又拉了上来。这次自己笨拙地倒退着爬了进去，手中仍抓着控制绳。他一路颠簸、几乎是垂直地跌到地下室里。同时，他的脑袋上方，房门最后残余的部分终于被击垮了，房门的碎片连同门框一起撞在地上，一片狼藉。他砰地一声掉在地底，巨大的冲击力令他的牙齿和臀部都被震得发疼。

她站在那里，用手挡着升降机通道的滑门，他四肢着地爬了出来，他们在地下室里升降通道最下方两三英尺的地方。

他划着了一根火柴，火柴照亮了地下室的黑暗。他们开始往外走。他踢到了一辆废弃的童车，那车子的轮子滚动着，往前滑行了一段，倒在地上。然后墙角的一堆煤像滚滑坡一般滚落下来，猛地打在他的脚上。

头顶上方传来快速搜寻的脚步声，从一个房间到另一个房间，听起来有些虚幻的诡异感。从传来的活动声音来看，楼上的房间里至少有五六个人。

“他们很快会发现，”他痛苦地低声说，“你的床上还留着体温，他们马上就会找到下面来了。快点，亲爱的，快！”

“这是怎么回事，弗兰克？这怎么了？”她依然不安地哀叹道。

他们找到了通往旁边建筑的防火门，那个门上只用一个螺栓固定，幸运的是，固定螺栓安在了他们这侧的门上。他打开门，对面就是水泥台阶，往上拐个弯，头顶上方是某盏夜灯。他们小心翼翼地踏上台阶。他走在前面。

看门人的住所在对面他们自己的那栋房子里的，于是他们不再会有被人看见的风险。出于节约的考虑，两栋楼共用一个锅炉、一个地下室。正因为建筑商的吝啬或者拮据，汤森他们幸运地得到了这意外的逃生机会。

楼梯的最上方还有一扇门，他将门稍稍推开一点，向往张望，小心聆听着外面大厅及阶梯上的响动。外面一片寂静。追踪他们的人还没有来到这栋大楼。汤森和维吉尼亚走了出来，双手攥在一起，仿佛在自我保护，看起来就像是两个幽灵——一个男人，和一个受惊的、光腿穿着狐狸毛领外套的年轻女人。

大街入口处，一盏低功率的壁灯正亮着。他放开了维吉尼亚的手，让她在原地待着，自己弓着身子蹑手蹑脚地走向那盏灯，用两根手指伸进铜丝网灯罩，拧紧电线直到把电流切断。然后，整个大厅笼罩在了一片黑暗中。对比之下，外面的街景显得更为清晰。他示意维吉尼亚在黑暗中到他身边，她应该是看到了街灯笼罩下他挥动手臂的轮廓。于是，她走过来了。

“你先走吧，你一个人走比跟我待在一起要好。他们不知道你长什么样子。不要回头看向我们住的那栋楼，也不要看向这里。你只要一直走到街角那里。照顾好你自己。”

她向前走了一小步，靠近最外侧的挡风玻璃门，依然在他一臂之长的保护范围内。汤森伸长了脖子，街上空落落的一个人影也没有，他住的那栋楼的门口也没有人影。那一刻，他看不到任何动静，无论是代表危险意味的还是其他什么。他轻轻向前推了推她，就像正在教孩子独立行走的大人。

“走吧，亲爱的，走吧。就像我刚才对你说的那样。快点，迟一秒可能就太晚了。”

她难过地啜泣了一声，那就是她的回应。然后，他独自站在那里，她独自一个人走在街上，鞋子踩在人行道上，发出安静的哒哒声。那轻声的、匆忙、紧张的脚步声，正是一个举止得体的女子深夜独自走在街上时应有的步态——并没有任何异常之处。

他尽量远远地在她身后注视着她，她独自一人比被别人发现他跟在她身后更安全。这会儿，她应该差不多快走到街角了，既没有什么人匆忙跟上她，也没有人突然现身阻拦她、质问她，更没有人发出猛然警觉的惊呼声。

然而，他不能继续留在原地了。他们随时都可能发现他逃跑的路线，追踪到这里。他们竟然到现在还没发现那条通道，已经近乎不可思议了——这是唯一一条离开公寓的出路。

他吐出一口气，做出了这个至关重要的决定——闪身走出大门，来到空旷的街上。有那么一瞬间，在他转身之前，他甚至能看见自家公寓窗口的灯光投射在人行道上的一个苍白椭圆型的影子。他朝向另一侧，维吉尼亚离开的方向，开始大步往前走。强烈的恐惧令他的脊椎异常僵硬，他必须控制住自己颈部的肌肉才能克制回头看的冲动。幸好，街上很黑，而且只需短短的几步，他与住所之间已经间隔得足够远，追踪者们将很难辨识出他的身影。他和街角之间虽然有一盏路灯，但是在街道的另一侧，这使他仍处在幽暗狭窄的阴影里，令他可以在光亮以外逃离。

在街角处，就在他拐弯之前，他终于还是回头看了一眼，完全无法控制住自己。那里一直是他们的家，却在突然之间变成了危险之地。即便在这么远的距离，他仍然可以看见亮着灯的前窗在墙上留下的圆形光斑。这么晚的夜里，那几乎是整栋楼里唯一亮着灯的窗户。尽管此时此刻，越来越多邻里的灯正在亮起，人们正被噪音吵醒。

他转过街角。这一刻，现在成为了过去，而过去又变成了现在。

维吉尼亚找到了一台空的出租车，蜷缩在车子里，在拐角的不远处等着他。不远处，有一个亮着灯的椭圆型窗口是一家通宵营业的小吃店。

他从较远的一侧走到出租车旁，隔着出租车，站在小吃店的外面。维吉尼亚希望他和她一起躲到车子里，她已经为他打开了车门。但他从外面把车门关上了。

“不，维吉尼亚，我不能跟你一起走。亲爱的，你回你母亲家里，离开这个城市。你就待在那里，我会去找你的。我知道该去哪里找你，无论我自己发生了什么，至少我知道你安全无虞，他们不会因为我而找到你。你是维吉尼亚·汤森太太，你的丈夫三年前失踪了，从那以后你都没有见到过他。无论如何都不要联系我，为了你自己好。总有一天，我们会再见面的。不管你听到什么，不管人们告诉你这一切是因为什么缘故，像以往每一次一样，在你心底深处，都请相信我。”

她用双手紧紧抓住他的手腕，说：“不，弗兰克！带着我一起走！我不害怕，我也不是胆小鬼！否则，作为一个妻子有何意义，婚姻又有何意义？”

他轻轻但用力地挣脱她的手，说：“亲爱的，当一个男人掉入下水道或者肮脏的污水池中时，他不会拖着他最爱的人一起下水的。好了，如果你真的爱我，就按照我说的去做吧。”

透过出租车敞开的窗，他们激烈地亲吻，几近疯狂。眼泪顺着她的睫毛落下，划过他的脸颊。他用尽全力才收回身子，说：“当我离开你视线的时候，你再按喇叭，把司机叫回来。再见，亲爱的。”

他转身快速走开，隐匿于夜色中，但他的灵魂有一半丢失在了原地。几分钟之后，他身后传来一两声急切的出租车喇叭声。那是一天之中人们会听到很多次、却从不会费心思去留意的声音。他从未想过出租车的喇叭声会如此让他心碎。

他回头望了一眼，出租车尾灯的红色光芒是他的婚姻仅剩的痕迹。

直到此时此刻，他才意识到自己如此深爱维吉尼亚——现在，他失去她了。他又回头看了一眼，出租车的尾灯已消失在视线中。现在，只剩下他自己、过去和黑夜。

他继续往前走，快速通过每一个十字路口，就好像他正走在铁轨上一样。过了一会儿，他觉得距离已经够远，才掏出一根烟，放到嘴边，脚下仍不停步。忽然，眼前出现的人让他扔下了未点燃的烟。

前面慢慢走来一个警察，盘问每一个路过的人。

此刻，他绝不能紧张，绝不能止不住地战抖，特别是要与这个漫步的巡警擦身而过的时候。他离他越来越近，越来越近。

终于，他们的视线交汇，他惊讶地听见自己说："这天可真冷，是吧？"

他听见对方的声音说："是啊，冷得要死。"

两人擦身而过。那一刻犹如一个满是怀疑的火药桶就从他的眼皮子底下路过，而他安全通过，没有引燃对方的警觉。但任何一点细节都可能重新点燃那警察的怀疑——忽然加快的步伐、回头的一瞥……

他大步走在夜幕中，一直往前走，直到天色渐渐变亮，开始露出灰色的光亮时，他接下来该采取的行动也渐渐在他的脑海中成形。既然当下对他而言意味着危险，那么他必须追寻、回到自己的过去，找出这一切背后的根源。他要回到过去找出症结所在，将这些施加在他身上的痛苦解除。他要回到过去——如果他能成功找到过去的话。

直到此刻，这危险的处境像被坚硬的外壳包裹着，只有一个小小的缝隙，像是童话里迷惑人心的秘密入口——提拉瑞街。如果他能提拉瑞街回到过去，也许他就可以把这危险的外壳推得远一些，将他的安全范围拓宽，直到壳外的一切回归原来的所在，直到他回到自己的世界中。

提拉瑞街、提拉瑞街。在那里，有一截墙倒下来砸伤了他。在那里，过去就是现在。

那条街的地理位置，它在真实世界的意义，绝无半点用处，帮不上他的忙。通往过去的路只存在于头脑中——他人的头脑中，就像迷雾中灯塔的光束，必须透过迷雾，照亮他自己的头脑。

他能在提拉瑞街上找到什么？他那天是在从某处前往某处的路上，是刚巧路过那里吗？在消失的过去中，那个地方是否和今天一样，对他并无任何特殊意义？还是他曾经常常出没于那一带，住在那附近，甚至习惯了每天路过？

如今，他只有一个办法找出真相。回到那里，像个幽灵一样寻觅搜索，直到找出这一切的答案。

夜色渐渐淡去，晨光渐渐显露，气温却变得更低了。像他一样无家可归的风绝望地搜索着，席卷过沉睡中的城市。整个城市笼罩在迷蒙的薄雾中，蒙上了带着金属色泽的浅蓝色。他将外套的领子竖立起来，转过身，向提拉瑞街——他的昨天走去。

这一路上，一定有人认识他。他每天都会沿着这条街走上一遍，每个小时在街的这边一遍，在街的那边也走一遍，反复走着，直到某双眼睛闪过故人重逢的亮光，直到有人说“你好”，直到有个身影停下来跟他打招呼。

这条街的路牌就像提拉瑞街的嘴巴一样大张着，和其他路牌一样，一翼指向街道的这侧，另一翼指向另一侧。初升的阳光越过蜷曲破旧的屋顶，落在这路牌上，模模糊糊地照亮了珐琅质的深蓝色边框和白色的大写字母，看起来就像一个欲与天光比亮度的粉红色的聚光灯。

他回到了他所来自的地狱中。一个男人追索着他的另一种遗失的自我。

提拉瑞街

单行道

第二卷　帷幕升起

第七章

这房间像一个埋藏着过去秘密的幽灵。

羸弱的老看门人问："你打算在这里住多久？"

汤森无法回答他，他对自己的了解可能还不如这个看门人。也许待一两个小时后，追踪者就会找到他。也许几天，几周，不，不可能几周，除非他能在附近找到工作挣到钱才能在这儿待到那么久。当那些劫匪破门而入时，他刚好穿着身上这件西装，而现在，他的口袋里有八美元七十九美分。

汤森说："这得看你收我多少房租了。"

老人擦了擦他粗糙的双手，说："像这样的房间，房租是一周四美元。"他眨了眨眼睛，语气缓和。

"四美元太贵了。"汤森开始往房门口走。

"等等，你瞧，这里有街景，每周还更换新的床单，甚至还有新鲜的自来水。"他走到一个生锈的水龙头那里，费劲力气将它拧开，伴随着轰轰隆隆的声响，水管里流出了红褐色的液体。他用力关上龙头，说："一定是楼下正在放水。"但在关闭之后，水管中的水依然潺潺地流了一会儿，才完全停止。

“我出两块半。”汤森说着，走出了房门。

老人在他身后嚷道：“好吧，租给你了。”

于是汤森又回到房里，从皮夹中拿出两张纸币，加上一枚硬币，粗鲁地将钱拍在老人急切地伸向他的手中：“给我钥匙。”

他听到他的新房东轻声抱怨着他这奢侈的要求，“他要钥匙，接下来还打算要怎样？”

看门人试了试口袋里的几把钥匙，终于找到了正确的那一把，把钥匙留在门上离开了。

只剩下汤森一个人，他走到肮脏模糊的玻璃窗前，低头看着下面的街道。阳光穿过树荫的间隙，在他的袖口上留下一个明亮的人字形的光斑。好吧，这里就是他的新世界了。来这儿之前，他已经把他的新世界从头到尾走了一遍。这个新世界并不大，不过四个街区罢了。提拉瑞街始于蒙茅斯街，到德格拉斯街为止，两头都是死胡同。

街上的人们看起来就像沙堆上的蚂蚁，他们沿着街道的两侧移动，绕过堆放的推车，形成一条几乎不间断的直线。这条街上几乎没有什么车辆，人多是其中一个原因，另一原因则是因为这条街实在太短，也不通往任何地方。偶尔有汽车以龟速行驶在提拉瑞街上，绕来绕去地避让人群，几乎每时每刻都在按响喇叭。

他打算休息一会儿再出去，昨晚他几乎整夜都没有睡觉。感觉昨晚似乎已经是很遥远的过去了。他解开领带，脱下外套，将它搭在椅背上。

他躺在床上，打算只休息几分钟。可在不知不觉中，街上嘈杂的叫声经过玻璃窗的降噪，已经变成了令人愉悦的催眠曲，不再那么刺耳而令人厌烦了。然后，所有声音都混合成了他的呼噜声。在他的新世界中，他第一次入睡了。

他醒来时，已经快到傍晚时分。当他试着拧开笨拙的水龙头时，整条水管都发出了颤抖和轰鸣。随着这种状况一再发生，他意识到看房人之前说的“楼下在放水”其实是这自来水龙头的常态。终于，在流了几分钟带有锈色的水之后，水龙头里的水终于变得无色透明，可以用了。

他锁上了门，倒不是为了安全或者其他什么理由，只是一种下意识的习惯。楼下传来的食物香味在迟到几个小时之后，袭向了他，一定是别人中午做的饭菜。这也令他意识到自己饿了。即便是幽灵，也需要进食。

在他下楼的途中，他留意到一种快乐的好征兆，昨晚那个可怕的夜晚带来的恐怖感已经消失了——当然，恐惧不可能完全消散，但他并没有沉溺于昨夜发生的事情，这仿佛说明，要么发生的一切并不是他的错，要么他的内心坚强如铁，不会轻易受到影响。依然存在的危机感并非一种令人充满压力的感觉，相反，甚至有些让人兴奋，因为这一切带有冒险的意味。也许是因为维吉尼亚已经安全离开了，他不再被其他责任束缚——现在，他只需担心自己的命运就行了。

他从住处开始，往下走了一个街区，来到靠近德格拉斯的街道尽头。他站在一家小吃店的门口，这家店看起来糟透了，似乎任何人都不选择在这里用餐。

透过厨房的门缝，他一眼瞥见了后厨堆积的垃圾袋，这促使他决定在这里吃饭。如果一天的营业结束后，他们有这么多的狼藉需要处理，那么生意一定不错。当然，这会儿店里根本没有人，提拉瑞街上的人均生活水品决定了正餐之间没什么人要吃小食。

坐到高脚旋转椅上之后，他目不转睛地盯着收银员的后脑勺，寻思着："我以前有没有在这里吃过饭？如果我来过，他仔细看我一眼后，会不会认出我来？"

他摘下帽子，免得阴影遮住他的脸。然后，他将脸向柜台方向凑过去几英寸，这样，当收银员从闪闪发光的锅具上转过视线时，能更清楚地看见他。收银员的目光从他身上掠过，但什么反应都没有。

那收银员现在满脑子都是客人点的菜。这时，汤森忽然意识到，他可能并不是一个常客，也许过去他偶尔曾经来过一两次，所以收银员很难立刻认出他来，毕竟，这里的客人并不少。

最后，他终于忍不住问那收银员："你在这儿干了多久？"

"几个星期，先生。"他回答道。

汤森冷静地想着，他找回过去的第一个机会并不在这里。

他坐在那里，将灰色泥沙样的糖搅拌入杯子里时，在脑海中绘制出完整计划。此后的每一餐，他都要去这条街上不同的餐馆吃饭，光顾一圈不需要花太久时间，提拉瑞街上不过也就四五家餐馆。不仅仅是店里的员工，包括顾客，他都要试试他们能不能认出他来。这是一个完整的策略。

下一步是逐一进入四个街区内的各种商店，看看店主店员能否认出他来。他得找个借口，问他们买一些他们不太可能有货的商品，或者当他们拿出东西后，坚持不懈地讨价还价，最终再很不满地离开，这样，他就能在店里待上足够长的时间，以确认他之前有没有去光顾过那些商店。

但这些都不是最重要的。他依然寄希望于街道上的偶遇，也许有人能立刻将他认出来。在饭店和商店里，即便店员能认出他来，也不代表他们对他有任何的了解，也许他不过曾经光顾过一两次，店员们不可能知道他的名字、他的住处以及他认识的朋友们。

当然，他不能放过任何可能的机会，即便像店员这样的熟识，看起来似乎微不足道，也聊胜于无，至少是一个开始，是他与过去的一种联系。他不会停止努力，因为他对过往的认识是一片空白。

他回到街上，重新戴上帽子。然后，他沿着街道继续走向蒙茅斯路，前面还有三个街区。他走得很慢，无精打采而缓慢的步伐，周围的每一个人，男的、女的，甚至是孩子，都走得比他快。不管是谁看到他，虽然无法一眼就确定地认出他来，但都会有充足的时间定睛细看，再确认他的身份。

如果是在城中的其他地方，他的进展也许会快得多。但要在拥挤杂乱的提拉瑞街上有什么快速的进展，那真的需要很高的技巧，而且令人精疲力竭。那些只逛不买的客人和他们手中的推车，将一侧的人行道完全塞满。在店门口闲聊、闲坐着的人和赶着在白天进出商店购买东西的客人，又堵住了另一侧的人行道。这两者之间，留出弯弯曲曲的狭窄车行道。即便如此，也没有人遵守什么右行准则，人们都只顾选择自己最方便的路径行动。

与市区那些富裕住宅区相比，这里的居民的好脾气令这一切变得可以容忍。如果在街上发生手肘碰撞或不小心踩踏到脚趾，撞到鞋跟，都不会有人介意，也不会投以气愤和冰冷的目光。

尽管他没有计时，但经过这三个街区走到蒙茅斯街那头至少花了他三十分钟。他回到蒙茅斯街时，走了另一侧的人行道上，开始慢慢往回走。

转为绯红色的夕阳西下，街道旁出现一些空处，推车挤作一堆，仿佛已经光荣地完成了使命，这个时间点之后，就可以鸣金休憩了。女人们出现在商店的陈列橱窗前，高声呼喊，再冲入人群搜寻她们的孩子，女人们的声音就好似拥有神秘的波长，总是能传到正确的那个人耳边，如果没有收到顺从的回应，至少也会引来骂骂咧咧的抗议和争辩。

当他再次回到德格拉斯街那头时，天色已经渐渐黯淡，尽管街头依然过于拥挤，但这样一条贫民窟的街道，无论白天还是黑夜，也许永远也不会有安静和死气沉沉的时候。他再次穿过马路，回到了他的住所，他想，花了两美元半，他有权称之为“他的”住处。他停在住所一侧的街道上休息一会，想试试待在原地不动的会不会运气好一点。

经过了长时间缓慢而又不自然的行走，故意避免使用充满活力的步伐，令他觉得双腿双脚都很疲累。他今天第一次走在街上，确实有几个人以怀疑的目光打量他，但他并不认为他们中间有人认出了他，他们可能只是对他相对于这个街区看起来有些格格不入的衣着觉得奇怪。并没有什么具体细节上的不妥，但他看起来确实就像一个“外来者”。即便经过了昨晚在街上的整夜游荡，在提拉瑞街，他的穿着还是显得太正式了。这是一种很难形容的感觉，与材质和剪裁都无关，他也竭尽所能地观察过从他面前经过的贫民窟的居民，努力调整自己的样子做些补救。他所能做的不过是小节上的、微不足道的调整：他解开了西装马甲，让衬衫从西装的衣襟中拖出来，看起来就像是没穿马甲的样子。接着，他将领带系得更松松垮垮一些，并将衬衫从裤子里拉出来一些，显得不那么整齐。他的西装看起来依然熨烫得太明显了。不过再过几天，这些褶皱就会自动消失。

天色已暗，提拉瑞街上亮起了灯光。街道两旁许多楼房的上层窗口，闪烁着煤气灯微弱的绿色亮光，但街道上的商店和小摊贩上，巨大的玻璃灯泡却闪烁着仿佛照明弹般的亮光，发出炫目的光芒。剩下为数不多的几台推车上也点起了汽油灯，继续沿着街道滑行。整个提拉瑞街仿佛穿上了节日的伪装，如果不仔细看，甚至像是闪烁着一种欢快的光芒。

他在街上又待了一会儿，期望天黑之后他的运气会比白天好一点。他就像一个乞讨施舍的乞丐一样站在街头，只不过他等待的馈赠是关于他自己一星半点的记忆。然而，显然，对他的遗忘似乎正随着时间的流逝增加，而非减少。

最终，他转身离开，上楼回到自己的房间。他打开百叶窗帘，即便在楼上，楼下街上的灯光依然明亮，那光亮越过他，在窗户对面的墙上留下一个方形的窗户轮廓，一半在墙上，一半在天花板上。他坐在床边。阴影中一个无精打采的身影。忽然，就像电影中胶片的连接处通过投影时忽然出现的画面闪烁一样，他内心的坚毅在某一刻被击破，猛地将头垂了下去，埋进圈起的手臂之间。

然后，他抬起了头，再也没有垂下。

在三十二岁的时候重头来过，绝非易事，尤其是一开始时，命运的结果就已经是注定的，而且眼下所拥有的时间可能随时被剥夺。

当街对面“最后一天”的大甩卖促销灯光招牌忽然被关闭后，他的房里失去了间接照明，也猛地暗了下来。他可以点上他的煤气灯，但他没什么想看的东西，灯自然也就没有什么用处了。

他脱掉鞋子，躺到床上。他拉过一件粗糙得像麻袋的东西，盖住了自己穿着内衣的身体。提拉瑞街像一张幻灯片，黯淡了下来，进入属于睡眠的夜晚。

他在新世界的第一天一无所获。他依然茫然无措。

第八章

隔天下午发生了一个令汤森非常沮丧的意外。当下午三点，他沿着提拉瑞街漫步到第三圈的时候，街道上人群的拥挤程度达到了高峰。从街上拥挤得令人窒息的人群来看，大概整条街的人都走出了房门。那时他正沿着人流努力反向而行，就像是一个逆流而上游泳的人，正觉得非常疲累。忽然，他觉得有人从背后拍了他一下，听到一个粗哑的声音问："嗨，你今天怎样?"

那时他正看着街道对面，就在他转回头的一瞬间，那神秘的打招呼的人就隐入了人群中，完全看不见了。他无法马上辨识走在他前头的这些人中的哪一个拍了他的肩膀。没有人回头，也没有人关心是否有人回答这个问候。从那只友好地拍了拍他肩膀的手的方向和那句问候传来的方向，他知道这个人正与他沿着同一个方向前进，只是步伐比他快很多。因此，现在，他应该是走到了他的前面而不是后面。这就是他唯一能确定的。当时他太惊讶了，没能及时地回复这一问候，如果他回答了，也许他就能更有效地吸引那个人的注意力。这是他一直期盼的接触和联系，而这可能永远都不会再次发生了，他却偏偏让机会溜走了。他拼命往前跑，一个接一个地抓住前面的人的袖子或衣角，气喘吁吁地问："刚才是你和我说话吗？是你拍了我的肩膀吗？"

他得到的回答全都是摇头否定，神情沉闷或困惑不解。但，确实有人拍了他的肩膀，这里一定有个人刚才和他打了招呼！肩膀上的那一下拍击显然是友好的。就在他几乎因为绝望无助而发疯时，他拉住的第四个男人，带着几分不情愿的羞涩说："对不起，我以为你是别人。你的背影让我认错了。"他将自己的袖子从汤森的手中挣脱，继续往前走。

汤森动也不动地在原地呆立了一分钟，两侧的人潮继续越过他向相反的方向移动着——这突如其来的失望是如此残酷，几乎令他彻底泄了气。

他在星期一的清晨来到提拉瑞街，在这里度过了周二、周三、周四、周五和周六。一开始的几天，他还记得很清楚，此后，时间的流逝好像变得越来越模糊，失去了清晰的界限。很难清楚地记得今天到底是星期几了，也许是因为他白天没有工作，又整日每天重复着同样模糊而单调的路线。直到某天，他的房东在他下楼的途中，站在楼梯口与他搭话，他才知道他已经住在这里整整一周了，所以，今天又是星期一。

他每天都吃得很不规律，也很节省，但当他试着支付下一周的房租时，发现自己只剩下两美元。

他把那两美元递给房东，说："我今天晚上或明天会把剩下的五十美分给你。"尽管连他自己都不知道，他该怎么凑出那点钱来。

那晚临近午夜时，他回到家里时，用因整个下午和晚上浸泡在水里而变得通红的手指将那五十美分递给了房东——他在他第一天来到提拉瑞街吃饭的那家餐馆里洗了整晚的碗。他很幸运，刚好他们临时缺人，而他也赚到了够他未来两天糊口的钱。可他知道，只要可以，有生之年他再也不想洗一个盘子。此后的几天里，他依然感到漂着浮渣的油腻洗碗水顺着他的手臂一直蔓延到手肘的那种感觉。

几天之前，他就完成了巡查街上店铺的计划。尽管他可能因此给店主们留下了游手好闲的印象，甚至其中有些人可能认为他是个扒手，因为此后每当他在街上漫步路过那些店铺门口的时候，店主们都会投来恶意的白眼。但至少他可以确定，他们此前从未见过他。

他像时钟一样每天沿着提拉瑞街循环行走，从街的这一头走到另一头，换过一侧街沿，再绕行回来。这毫无疑问地令街上的一些居民对他越来越熟悉，但都不是来自过去的熟稔，为了避免再发生错认之类的纠缠，他保持着一种老派的清高姿态，将别人第一次错认的问候拒之于千里之外。

当然，最终，边际效益递减会成为他的障碍：如果他留在提拉瑞街的时间够久，那么这种新形成的熟悉感就将彻底变熟，他再也无法第一时间判断，人们认出他是因为最近建立起来的稔熟还是因为那段神秘的过去。他必须明确区分出后者。当然，现在还没有到那种程度。

时间成了最让他烦忧的事。晚上，他一个人躺在简陋的房间里，街灯透过窗户在房间的墙上打上一个光影，像个鬼影一样挂在他的眼前。那种若隐若现的感觉仿佛寓意着失败，仿佛他所尝试的一切都将是徒劳无功。

也许他的调查从一开始就错了。那一天，神秘的过往帷幕升起的那天，也许他不过是刚巧路过提拉瑞街，也许他不过是在途中刚巧偏离了路径经过了这里，一切本就是毫无意义的。很可能他错将一次随机的偏向当做了日常的路线——如果事实确实如此，他怎能知道当时他是从哪里来的又要去往哪里呢？如果他只是刚巧偏离路途一两个街区，那么他继续调查下去，也许还有可能找到答案。但也有可能他与藏匿着过去秘密的地方隔着大半个城市的距离。

即便他的假设都是正确的，提拉瑞街确实在他过去几年的生活中扮演了某个重要的角色，那么他所倚赖的也不过是机会法则，纯粹的巧合和运气。而这些，完全可能反过来对他不利。例如，与他的过往有交集的那一两个人可能已经离开了这里，与他的调查方向背道而驰。如果那些人已经不在这条街上，那么提拉瑞街对他而言便不具备任何特殊意义，不过是一条普普通通的街道罢了。又也许，那些可能出于什么目的到这里来找他的人在他消失的那几天中来过这里，既没有找到他，又理所当然地认为他已经离开此地，再也不会返回这条街了。他大有可能哪怕在这里耗上千百年，依然对自己的过去一无所知。

某天晚上，持续失败带来的绝望中，他绘制出一张附近区域的粗略地图，试图找出从附近哪些地方出发去往哪些目的地的途中可能会为了节省时间而经过提拉瑞街，或选择这条街作为捷径。但他又失败了，依然有太多外界因素的影响，太多他不知道的事实，令他无法得出结论。他需要知道自己之前的习惯、当时所从事的工作或正在进行的事务，而他对这些他毫无头绪。以提拉瑞街本身的地理位置而言，并不具备交通上的便利性，作为捷径似乎毫无道理。沿着两旁平行的街道走，所需要的时间差不多，路途并不会远多少。这条路的存在甚至有些突兀，开端的地方是死胡同，而结束的地方也是死胡同，就这么间隔了四个街区。它甚至不是呈斜线或者横向连接两条并不平行的道路，和其他所有路口一样，提拉瑞街就是一个规规矩矩的长方形街区的路口。

经过几个小时的奋力思索，他将那张纸团成一团，扔到一边。探寻过去并不是一件易事，并没有一条通往过往的通路，而他剩下的时间已经不多了。

尽管他的房租多付了几天，但他洗碗赚来的钱扣除房租之后，在两天里消耗殆尽了。身无分文的第一天，在那个他之前一直付钱吃饭的小吃摊里，他靠着店员们在老板不注意时悄悄从柜台上递给他的咖啡度过了一整天。这种事不会再发生第二次了，提拉瑞街上的每个人都是勉强糊口，如果店员们的行为被发现，老板会从他们的薪水里扣去五十美分。而那种刚好缺少一个洗碗工、缺少一个清扫工的事并没有再次发生，也许再也不会发生了。时机对他而言实在是太不凑巧，他并不是在找全职工作，他有需要花上一整天的事要做，所以他并没有走出这个区域去找工作。可是在提拉瑞街上，他却一无所获。但他还是需要吃饭进食。不得不饿肚子的第一天，用毫无规律的步伐徘徊了一整天之后，他觉得胃里空落落的，疲惫的腿肚子也在微微打颤。

他一直随身带着那个华丽的珐琅烟盒，直到今天，他依然带着。那个在提拉瑞街发生意外的当天就出现在他口袋里的烟盒。他和维吉尼亚住在一起的那几周里，他一直随身带着这个烟盒，没有把它放在公寓里。也许这是为了避免被维吉尼亚发现这东西，她可能会觉得惊慌不解。上演大逃脱的那天晚上，这个烟盒也一直被他带在身上。这也许是目前他身上唯一值钱的东西了。于是，他决定将这烟盒典当掉。尽管他不太确定它值多少钱，但也许能帮他撑过一两周，或者，撑过几天——哪怕一天也好。

奇怪的是，提拉瑞街上并没有当铺，最后他在蒙茅斯街右侧一两个街区以外找到了一家。他走进店铺，里面空无一人，店堂里散发着一股香樟的气味。他拿出烟盒，吹了吹气，抬起袖子将它擦拭干净。

铺老板听到开门声，从后面的储藏室里走了出来，用这一行特有的尖锐眼神上下打量了汤森一番，沿着柜台走到他面前，语气冷淡地问：“嗯?”

汤森将手穿过立在柜台上方的铁丝网，把烟盒递到他面前。

老板根本没有检查、点亮或者是试着打开那烟盒。汤森本该注意到这一细节，但他没有。典当对他来说，完全是件新鲜事。

忽然，那当铺老板慵懒地问了一句：“又当一次，嗯?”尽管他的语气随便，但却产生了爆炸般的效果。

汤森根本没有预料到这一幕，在他完全不经意的瞬间，猝不及防地发生了，仿佛闪光粉爆炸。当明白过来店主的意思时，他眨了眨眼睛。接着，他脸色发白，紧紧攥住了柜台的边缘。又一次，又一次。他感到突如其来的惊心动魄，奇怪而又若隐若现的感觉，像是置身一个漆黑的房间，当房门第一次微微打开的时候，门后的第一束光线穿过门缝，照射进来。

他努力平复自己，但他的声音听起来依然有些颤抖。他希望自己听起来只是有些健忘：“哦？这就是我上次典当这个烟盒的地方？嗯，对我而言，当铺看起来都差不多。”他期望这说辞对店主多少有点可信度，尽管他自己觉得这借口简直糟透了。

当铺老板态度嗤之以鼻，傲慢地说：“我都认得这个烟盒了，你已经拿来当三次了，不是吗？”一边说，一边拿着那烟盒伸出手来，仿佛打算拒绝这票典当。忽然，又在眨眼间，他出价了：“好吧，四美元。”

汤森看见了一丝希望，拼命试图抓住这机会：“以前你给我的可不是这个价钱。”

老板马上换上了一副气势汹汹的职业表情：“怎么，你还打算要跟我讨价还价？这玩意就值四美元，我凭什么要给你比之前更多的钱？对我而言，它可没以前值钱了，不是吗？”

汤森紧张地问：“你有票根没？我是说那种客户签上名字和地址、当铺会保留直到客人还清款项的单据？”

“当然。你要我把单据找出来？看单据又有什么用呢？你每次典当时的情形我都记得，之前我就验过这烟盒，你看这里。”他指着之前用酸性试剂测试过的小小的痕迹，汤森原以为那是坏掉的地方，“之前你就跟我争论过，还记得吗？你说这盒子是十四克拉的，镀银，我才给四美元。”

汤森几近卑微地恳求道：“那么，为了证实你所说的，把那单据找出来说服我吧。我要眼见为实。”

“你是在说我弄不清自己店里的情况？我记得店里每一件抵押

品的价值!”因为这件事情牵涉到了金额，店主表现出了异乎寻常的兴奋，“你上次典当这烟盒是什么时候的事?”

他是五月十日回到维吉尼亚身边的，他冒险支吾着回答道：“今年四月。你在账本里好好找找，一定有。”

店主走回店里，点燃了一盏灯。对于汤森而言，这一小段时间是漫长而痛苦的等待。他靠在柜台上，让柜台的边缘压进身体里，仿佛这种身体上的不适能减缓精神上的煎熬。

“四月十八日，”店主忽然在里面说道，“镀银烟盒，黑色珐琅条纹。票号……嗯……四美元。我说的没错吧!”

“把那票据拿过来，我要亲眼看看。”汤森嚷嚷道，他的声音里有一种绝望的紧张。

老板带着一个长方形陶瓷夹板走了回来，质疑地看着他：“这儿，你自己看看吧，这是你吧？你自己说我有没有记错?”

汤森歪着头看着当铺的存根簿，在那夹板上搜寻那张票据。那上头的字迹并不是他的笔迹，但汤森并不觉得意外，如果连记忆都会完全断片，那么其他东西也有可能变得面目全非。

上面的签名是乔治·威廉姆斯。他一看便知道这是个假名，这名字太做作也太通俗了，并不是说没有人会真的叫乔治·威廉姆斯，但至少他不会。他记得那顶帽子防汗带里的签名首字母是DN。地址那一栏写的是万茂街七〇五号。这地址会不会也是虚构的，和那名字一样？也许这地址是真的。

汤森急匆匆地冲出了门，老板在他的背后嚷嚷：“喂，怎么样？你到底还当不当?”

“我等下再回来。”他赶着出门的时候猛地推了一把门，以至于它随着他匆忙的脚步来回猛烈地晃荡了一阵。

他推搡挤过拥挤的人群，向万茂街七〇五号赶去。七百号，很近，就在前头。

他停了一下，接着，步履蹒跚地往前走，仿佛是反弹了一下，然后彻底停住了脚步。没有七〇五号。七〇三号的前面就是七〇七号，那是一间公共澡堂。

门又关上了。汤森再次陷入了黑暗。

第九章

当他又花掉了三美元七十美分，是某天下午快五点的时候。他再次在提拉瑞街熙熙攘攘的人群中走着，感觉周围的一切正在慢慢流逝。现在他不再按照小时和日期来计算时间，他按照自己口袋里剩下的钱来计时。现在他只剩下三十美分了，也没有什么可以典当的东西，即便按照他自己最节俭的标准，也只够他再待上一天了。

他正走在瓦特街和乔丹街的中间，那一刻，人行道上拥挤的人潮涌向瓦特街的转角，并在那里消失。此前，那个方向曾传来消防车的鸣笛声。当喧闹变得更为热烈时，时不时又有人群的尖叫声传来。一开始是孩子们在大人的脚边嚷嚷着跑过，然后，大人们也加入了这热闹的行列，从大步的慢跑到蹒跚的前行，各种步态不一而足。就像是发生了什么令人们惊慌的事，然而在提拉瑞街区，这几乎可以算是人们喜闻乐见的，因为人们得以表达自己的意见，这几乎成了一种社交的场合。一瞬间，所有的人流都涌向了那个交汇点。只有那些手推车还留在原地，孤零零地被丢弃在水泥街道上。

一开始，汤森并不打算因此而打乱自己的步伐。相对于他探寻神秘过往的任务，一场火灾或者其他什么外部的事情又能有什么影响呢？但，随着他面前的街道上渐渐变得空无一人，他的任务看似也不会再有机会实现了。他转过身，慢慢地跟随在人群后面，以慢吞吞的步伐，也开始向那里走去。

一段距离之外，沿着瓦特街方向两个街区以外处，是一片醒目的灰蓝色烟雾。实际上，所有的人离实际的事发地点至少还有一个街区之远，而从提拉瑞街和其他周围街道涌来的人潮，被警察设立的警戒线隔离在了外面，拥挤的人群占满了街道两侧，偶尔夹杂着一些移动着的人流。

汤森停在人群后几英尺的地方，这里还没有什么人。出于好奇，他做出的唯一举动不过是歪着头，试图从前面人群的头顶上方看清前面的景象。

他站在一栋房子的前面，这房子没有任何特别之处，看起来与街道两旁的任何一栋楼都一样。楼里的每扇窗户前都挤满了兴致勃勃的围观者，其中一个一楼的窗口里，一个孩子正在那里挤压着一个橘子。那孩子忽然被撞了一下，然后，一个黏稠的东西砸上了汤森的肩膀，从他肩头飞过，落在了地上，形成一片湿哒哒的印记。

他小心翼翼地回过头，目光犹疑地搜寻着肇事者。他久久地以不快而又坚定的表情向上仰望着，即便外面依然吵吵嚷嚷，但他这种坚定的姿势确实能吸引人们的注意。

房子入口处的某处传来了一个声音，即便在嘈杂的环境中听起来依然清晰明亮：“丹!”

过往的大门终于向他敞开了。

第十章

汤森立刻调整自己视线的角度，一层一层地扫视着每扇窗口，直到他发现了一个空白点，原本在一群围观者的面孔中有一张脸，就在二层中间的那扇窗口，但现在，那里留下了一个空缺。在他的目光到达那里之前，那张脸已经消失了，而那个空缺是他能够发现的仅有的线索。但很快，周围的人向中间涌去，填补上了那个空缺，现在，连仅有的线索也消失了。

纯粹处于本能，他知道那声尖叫是冲着他来的，那人的声音是直接向着他发出的，没有丝毫偏差；一阵急促的震动传入他的耳朵，奇怪的是，他几乎可以因此而确定，在屋子里的楼梯上，那个发出尖叫的人，正一路跑下楼，向他奔来。

他全身僵硬地停在原地，几乎不敢想这可能又是另一个死胡同。他被强烈的讽刺感击败了，无论如何，绝对有人认出了他——当他在一个街区以外的提拉瑞街上反反复复地来回走动、路过一栋又一栋房子的时候，他所期盼的答案就在转角处的这栋房子里。

每一秒都前所未有的漫长。他能感受到自己的心跳，从头到脚地搏动在皮肤下的血管中。这人是谁？事情会变成怎样？他几乎确信他即将见到那个人。那个人究竟是敌是友？

他该说些什么？他完全不知道该怎么与对方对话。他内心有一个声音不停地警告并恳请自己：一定要保持冷静，无论做什么，千万要保持头脑清醒。他必须控制好自己——此时此刻，一个手势、一句话都可能意义非凡。他必须确保自己不会错失任何信息。他必须少说话，尽可能少说话，而不是说太多。宁可保持沉默，也好过说错。他必须像一个蒙着眼走钢丝的人一样，小心谨慎。

也许过去了一分钟，最多一分半钟，但那一声绝望的喊叫似乎已经过去了一个小时。他将手放在面前已经磨损了的楼梯铁扶手上，即便如此，他的手依然不受控制地颤抖着，他无法控制这一切。

突然，那栋房子的门打开了，一个人猛地冲到他的面前，迫不及待地仿佛离弦的箭，在他能仔细看清楚她的长相之前，那女子就已经在极近的距离面对面地站在他的对面了。首先映入他视线的，是那双在近距离凝视着他的眼睛。

棕色眼睛。

明亮的棕色眼睛。

饱含泪水的棕色眼睛。

泪水盈满眼眶的棕色眼睛。

突然，一块手帕出现在他的眼前，将那双眼睛遮挡住了一会儿。他这才有机会仔细察看一下她的样子，但并没有更多发现。

她很年轻，身材苗条，比一般的女孩高一点。她的头发柔亮，一直垂到耳朵下方一点。她的发色是棕色的，完全不带有金色或者红色，却隐约透出铜金的光泽。她一路急着从房子里跑出来，头发散落在脑后，什么也没有戴。她并不算漂亮，但也并不平凡。她的脸庞充满了活力与温暖，而非传统意义上的美貌。

这就是她的样子，但——她是谁？

手帕落了下来。无论满意与否，他观察的机会到此为止了，他再也无法如此地打量审视她了。

她的第一句话是："丹尼！我没想到我还能再见到你！"她离他这么近，所以这一定是在叫他，丹尼就是他，丹尼就是他过去用的名字，也就是现在他回到过往该叫的名字。他觉得这有些疯狂，他一直不喜欢丹尼这个名字。

"噢，你这个傻瓜！你疯了吗！你在外面街上干什么？你难道糊涂了吗？"

他开口说话了，第一次。她又重新成为他生活中的一部分，不管她是谁。她说："看那火灾。"她语气平静，话语不多，也不少。

她以一种特别的方式，抬起头又垂下，打量着周围的人。她的目光扫视过周围。她看起来很担心——为他而担忧。"你怎么了？难道你不知道人群是最危险的地方吗？他们中的任何一个可能就藏身在人群中，正四处寻找像你这样的人呢！"

"他们中的一个"、"像你这样的人"……她知道。无论如何，她一定知道些什么。她到底知道多少？全部？还是一部分？她是怎么知道的？直接的，还是间接的？

说些无关痛痒的话，随便找个话题。他不能一直站在那里装聋作哑，那太容易暴露了。他抬眼看了看她从上面呼喊他的窗口，又让视线回到她脸上，说：“你的眼力真好。”

“事到如今，不管离得多远，我都能认出你来。”她的语气有些严厉，又有些沮丧。仿佛想起了什么痛苦的过往，她的脸庞黯淡了下来。

汤森不敢问任何问题，平静地说：“嗯，我想也是。”

“好了，你现在是怎么打算的？就这么光天化日地站在街头？直到有人来把你带走？”她很担心，抓着他的衣袖将他拉向那栋房子的门口，她的声音也因为焦虑而变得尖锐：“你是怎么想的？想让自己陷入困境吗？进来，求求你，至少进到走廊里。”

他跟着她走进了通向楼梯的狭窄走廊。外面的街道上，午后耀目的阳光正慢慢变为黄昏的暮色。他们停在走廊中间，靠在一侧的墙上，面对面，汤森背对着街道。

他冒了个险，试着往前迈出了一小步，看看能不能有些进展：“你……似乎有点为我担心。”

她的手掌覆在了他的嘴上。汤森的问题显然令她觉得委屈和难过。他之前所感受到的伤痛加剧了，但这并没有为他带来什么有价值的信息。她突然双手握拳，开始捶打他的胸口。她并没有打得很重，又或许，尽管有些怨恨，对他，她依然下不了手。“你这个魔鬼！你这个卑鄙的魔鬼！为什么我偏偏这么爱你！”

在捶打他的间隙，她忽然绝望地将额头抵在他的胸前，仅仅只有那么一会儿，然后，她又抬起头来，说：“噢，丹尼，我为什么会遇到你？我为什么偏偏会认识你！”

汤森震惊了。他困惑地想：这是怎么回事？我到底对这个女孩做过什么？

“你坏透了，”她说，“你永远也不会是个好人……”突然，毫无预兆的，下楼梯的脚步声传来。她说：“快，我们躲到楼梯下面，这样进进出出的人就不会看到你了。”她和他一起蜷缩在楼梯下方，安静地靠在一起，静静地等待着，直到那潜在的危险离开了这栋建筑物，去到了街上。她向外张望着，以确定那人已经离开。她转回身，看起来更为焦虑了：“丹尼，你现在住在哪里？”

她似乎对他的一切都很关心，很在乎。他有些疑虑，却并不真正觉得值得担心。他冒险告诉她，说：“我在提拉瑞街上租了一个带家具的房间。”

“好吧，看在上帝的份上，回去你的住处！你看，人群开始散开了，尽量跟着人潮回去你的住处。我去拿回我的东西，然后去那里找你。”

他提议：“我在这里等你。”

她不愿听到这句话：“不！不！丹尼！我太害怕了。你这样在街上逗留，坏事随时可能会发生。请回去你住的地方！”

他抬头沿着楼梯向上望去，问：“楼上是谁？”即便他原本知道这是什么地方、谁的家、她在那里干吗，这问题听来仍然很正常。也许她就住在这里，那么他很快就能知道她是谁了。但，汤森转念一想，大楼门口既没有门铃，也没有写着住户名字的铭牌，这种地方不会提供他任何关于她身份的线索。

她的回答仍然令他一头雾水，但至少，听起来，他的确应该知道这是什么地方：“讨厌的人都在，甚至连家里的猫都带来了。我需要一些时间才能脱身。我可不想被他们发现什么。我会告诉他们我改搭早班的火车。你不能在这里等。”

什么都没有改变。即使她是敌人，他也已经敞开了一切，为她提供了背叛他的机会。但，今时今日，看来是无可避免的了。他只能冒这个险。他说：“好吧。我住在提拉瑞街十五号，二楼正对面第一间。”

“丹尼，在那里等我，不要再不辞而别了。”她侧过脸，脸上满是期待。他凑过去，轻轻吻了一下她的嘴唇，他几乎因为自己曾犯了那么明显的疏漏而觉得自责了。

过去，他们的吻显然曾经更为热烈。她有些闷闷不乐地说：“节省体力。”当他准备转身离开时，她更为急切地阻止了他，说：“把帽子往下拉一点。”她一边说，一边将帽子的边缘往下拽了拽，然后，松开手，让他离开了。

他沿着走廊走向街道，听见身后传来她上楼的轻快脚步声。

她是谁？她是他的什么人？显然，她知道他做过的那些不光彩的事，但她曾经直接参与其中吗？还是她只是从他口中听说了一切？

问号、问号、还是问号—— 一个接一个的问题，像收银机上的美元符号一样，在他的脑海中闪动。

他转过街角，走向提拉瑞街。回住所的一路上，他都没有回头看向她的方向。破天荒地，他以轻快、坚定的步伐走在提拉瑞街上。他终于突破了那些阻挡他找回过往的障碍。绕了一个大圈，找回了过去的线索，一切都变得明朗起来了。他再也不需要拖拖拉拉、磨磨蹭蹭地盘桓在提拉瑞街上了，至少，那些都过去了。他曾经希望会有人在路过他时冲他点点头，或是致以一声问候，而最后，他得到的，的确是满含悲伤的泪水，覆盖在他嘴上的手以及充满感情、不求回报的亲吻。

回报虽然来得有些迟，但看来一切都是值得的。

第十一章

几个小时之前，天色已经开始变暗。他点燃了煤气灯，这是他作为主人唯一能为她做的一点事情。灯光不耐烦地在墙上跳跃着，黄色的烛火在墙上形成一个箭头，等待着。但，她还是没有露面。

已经过去三个小时，还不到四个小时。从街角到这里，花了她这么久。难道这是另外一个误会、又一次空欢喜？或者，情况可能更糟，在她的帮助下，那些追捕者正在他周围布下天罗地网——到底是什么令她耽搁了这么久？他没有让这个念头继续滋长，只是反反复复地在内心纠结着，因为，即便她要背叛他，也拖延得太久了。即便是一场背叛的陷阱，事情到此也该有个结果了。唯一可能的，拖延她至今的理由，恐怕是最传统的那个理由——有什么事绊住了她。

他在房间里凹凸不平的地板上走来走去，反反复复地重复着相同的动作——从窗户往外看，在树荫与下方街道的间隙处窥视着外面的情况；他走到房门口，扇动着打开房门（就像她是一股流动的空气，这样扇动能让她更快地进入房间一样）。为了打破这种单调的等待，他开始做一些与她的到来完全无关的事情：将水龙头打开，又关上。

间或，怀疑像火苗一样在汤森的脑海中闪烁：我怎么知道她是谁？显然，从某种程度上而言，之前他对待她的方式并不怎么绅士。他并不知道自己做过什么。也许，但凡他能记得一星半点的话，他就绝对不会选择信任她，说不定这正是她报复的好机会。她看起来并不危险，但女人总体而言都是不可靠的。前一分钟她们还宽容善良，而后一刻，她们可能就会拿出一把利刃，刺入你的心脏。又或者，这不过是纯粹的金钱利益关系，也许他是被悬赏的通缉犯，现在她正前往附近的警局去领取奖金……

等等，那是不是从楼梯上传来的脚步声？他迅速地跳了起来，像一只猫一样跳到了门的背后，将头埋在胸口，耳朵贴近门缝，为了防止敌人的突然闯入，双手紧握着门把。忽然，一股丝绸般的气息从门缝里传来。

“丹。”

一开始，他听见她的声音就准备打开门。然而，他很快想到，他应该趁这机会知道她的名字：“谁？”他压低了声音问。

她答道：“我。”甚至可能是完全无意识地，她本能地回避了这个问题。他对自己苦笑了一下，转动门把开了门。她走进房间，琥珀色的双眸中闪烁着嫉妒的火花：“你的女朋友可真不少啊，听声音都已经分辨不出来了。”

他关上门，说了一句在字面上完全符合事实的话：“自从我搬来这里，除了房东，你是唯一一个来过这里的人。”他很担心，接下来他想要对她说的很多话，恐怕并不会像这句话这么自然，这么合情合理。

“别逗我了。”显然，她相信了他，“不管你在哪里，你都不会寂寞太久，难道我还不了解你吗？等等，先别关门，我带了些东西过来。”

她将一个破破烂烂的旅行箱和两三个纸包拖进了房间里。

他们两人之间究竟是什么样的关系？他刻意忽视了脑海中浮现的“维吉尼亚”的名字，沉默不语地看着她。

“早上六点，我可以直接从这里去火车站。”她说。

他心里的疑问是：六点钟坐车去哪里？而他问出口的问题却是：“那你几点能到那里？”

“七点十分。”她说，然后带点埋怨地加了一句，“现在你应该记得了吗。”

一小时十分钟的路程。在汤森的脑海中，离这座城市一小时十分钟车程的地方，被标记为了大写的英文字母X。但是，哪个方向？实在是有太多可能了。但至少他可以排除南方以及邻近的区域，那里是海，剩下的一百八十度的范围内都有可能。

他不敢问她目的地的名字，但他的脑海中迅速产生了另一个问题，此时此刻这问题听起来会有些突兀，但他小心地将这个问题藏在心中。即便她离开之后，这个信息也能帮他找到她的目的地。他会等到合适的时机来问这个问题。

她一直打量着房间，感叹道：“噢，丹尼，这地方糟透了。”

他抬了抬眉毛，问：“我还能指望什么好地方呢？”

她把他拉近煤气灯。在昏黄的火光下，她说：“让我好好看看你。”

他站在那里不动，任由她打量。

她的视线巡睃过他的脸庞，仿佛正试图“感受”他的面貌：“丹尼，我觉得你有些不一样了，但我不知道究竟是哪里不同了。”

他没有回答，这是个危险的话题。

她坐在床上。从她看着他的样子，他可以感觉得到，他们之间看起来还是有那么些不自然。她说：“你听起来有些……谨小慎微。丹尼，你到底是怎么了？你看起来就像是怕说错话。”

他心想：哦，如果你知道我的真实情况的话，你就知道，这简直就是千真万确啊！

她一个接一个地打开她带来的行李，里面都是些日用杂货，其中一个方形的包裹里竟然是一台小型的煤气灶。她说：“这样，从现在开始，你就不用离开这房间了。你需要的东西都在这里。你不需要再外出去街上。你今天做的一切实在是太疯狂了！请你答应我，再也不会那样冒险了。”

她背对着他，弯下腰，将东西一一放在靠墙的隔板上，那是整个房间里唯一的储物空间。她的影子落在她面前的墙上，看起来狰狞而恐怖，仿佛一个不详的征兆。随后，从外面的街上传来一声很响的喇叭声，打破了他的幻觉。

她接着说道：“别忘了，他们是不会放弃的。当他们看来不那么活跃的时候，你更要小心。”

“他们”。他们是谁？

她的手袋落在床上，一半压在他的身下，但那里面并没有什么东西能提供他一些有用的信息。他偷偷地再次检查了手袋的封口处，最近流行在那里绣上姓名的首字母，但她的袋子上，这个地方空空如也。看来没有捷径可走。

她走回到他身旁，摆弄着他的领尖，问：“丹尼，你打算怎么办？你有没有想过？”

他小心翼翼地回答道：“我希望我知道该怎么办。”

“这是一场注定失败的赌博，不是吗？你之前怎么没想到这一点呢？”

“我的运气差了点儿。”这个回答应该足够安全了，几乎可以应对所有的问题。

她露出一个带着些许悲伤的微笑，说：“对我来并非如此。这些都微不足道。”她将额头向前探，脸颊埋在他的胸口，柔软的头发枕在他的下巴下。他越过她的头顶，若有所思地看着远方，听着她继续往下说。“真有意思。我绝不愿意和任何女孩交换，即便她有一个可靠的伴侣，即便她知道不会有任何人来夺走他。我还是想要你，丹尼，即便我知道我随时可能失去你，但相比任何其他人，我宁可要你——即便某天我来这里敲门，你已经不告而别。”

“不，不……”他慢吞吞地安慰道，“我们会找到解决的办法的。”他知道，他不能彻底消除她的这种顾虑，那只会留给她无尽的，虚假的希望。

她接着说道：“我不知道他们是不是起疑心了。”

她特别加强的语气令他觉得，他们谈论的是一个离这里很近的地方。他猜想，也许就是瓦特街的那栋公寓。于是，他也以肯定的语气问：“那你觉得他们发现了吗？”

“我不知道，”她略有些迟疑，“我不知道……幸好，当我大声叫你名字的时候，我姐姐当时正在厨房里给孩子洗澡。那一刻过后我恨不得咬掉自己的舌头，可当时我完全情不自禁。”

她姐姐的公寓。那么，瓦特街上那栋房子是她已经结婚了的姐姐的公寓，而她是从距离这里一小时十分钟车程的地方坐火车来拜访她姐姐，来自一百八十度范围内任何一个方向的某个地方。

“她不能丢下孩子不管去看火灾。但当我回到楼上的时候，她问我：‘刚才我好像听到你大喊了一声丹的名字？’还怀疑地看了我一眼。我笑着掩饰说，我喊了一声‘停！’因为街上有些孩子正在欺负一条狗。”

等了一会儿之后，她又接着说：“我只能期望她相信我的话了。”

话题陷入了僵局，她稍微动了动身体，说：“已经很晚了。我可不想错过明天早上的火车。”

他将手臂抬到头顶上方，沿着身后的墙壁伸出去，将煤气灯关上。于是，整个房间里只剩下从窗口里投射出的楼下街道上的灯光，仿佛隐隐约约的鬼火。他们的声音变成低沉的呢喃，甚至比之前更轻。她提起了火车，他终于有机会将他一直藏在心底的问题在这一刻问出来：

“那班列车从哪个月台出发？”他尽可能随意地问道。

他又被抱怨了，但也获得了想要的答案。“你坐了那么多次，应该知道的。十七号，底下那层。”

为了获得他想要的信息，他至少需要两个核心的线索。现在，他两个都有了——一小时十分钟的车程，以及十七号月台早上六点出发的列车。他很快就能知道，那个地方在哪里了。

她将火车和月台都抛在了脑后，而他，也终于可以这么做了。

“你吻我的时候，像是你正想着什么其他事情。”

事实确实如此，他的思绪正围绕着那个一小时十分钟车程以外的地点打转。他拉回思绪，又亲吻了她：“怎么了？”

“以前，你总会说些什么。”

他一直想知道她的名字。每当他与她说话的时候，每个句子都结束得略显尴尬，他早就该说出她的名字了。他多希望那名字自然地自己从舌尖上蹦出来。

他设了个小小的圈套，希望她能自己把名字说出来。这是一个完全吻合此时此刻气氛的问题。他压低了声音，在她的耳朵旁问：“如果你要改名，你希望你的新名字是什么？”

他得到的答案不是她的名字，而是他自己的名字。

“很简单的答案啊，丹尼尔·尼林太太。”

他对自己说，丹尼尔·尼林，这是他自己的名字，这是又一把通往过去的钥匙。

他冒了个险，问：“那你的姓氏就会比现在短了哦。”尼林，无论如何都算是个很短的姓氏。他暗自希望她会自己大声说出自己的名字。

“只差一个字母，你瞧，迪伦，D-i-l-l-o-n，六个字母，尼林，N-e-a-r-i-n-g，七个字母。”然后，略带一些任性地，她说：“这算什么？黑暗中的拼字比赛？”

“我只想和你说说话，”他试着安抚她，“你知道的，我们上一次对话已经是很久以前的事情了。我喜欢和你聊天。”

“聊天当然不错，”她有些闷闷不乐地说，“但谈天说地之外，我们还有许多其他事情可以做。”

他没有多说什么。“那我们就什么也不说了，好吗？”他问她，“从现在开始，你也不可以再多说一个字了。”

第二天早晨，他醒来的时候，发现自己的怀抱中空荡荡的。他的手臂仍保持搂抱着她的姿势，可她已经走了。但她留下的字条上写着，她还会再回来的：

“亲爱的丹尼，我不能错过六点的火车。我舍不得叫醒你。下周四我会再回来的，在此之前，请千万小心。”

她的名字叫露丝·迪伦，她住在离这里一小时十分钟车程的地方，她坐的那班火车从十七号月台开出。他觉得自己像是刚刚经历了一场令人心力交瘁的交锋。

第十二章

他必须冒点风险。他清楚地知道这一点。火车站对于它的常客，尤其是那些试图藏匿起来的常客而言，是个危险的地方。

他站在上层站台宽阔的楼梯上，低着头，下巴贴在胸前，这样，至少他能把下半张脸藏起来。他于清晨五点四十五来到火车站，这几乎是他能想到的最安全的时间点，整个车站空空如也，相比白天或是晚上的其他时间，这时候不太会有人以不善意的目光打量他。但同时，他的危险也增加了，没有人群可供躲藏其中，他是很显眼的存在，就像是单独一个人站在广阔的舞台上——一定会吸引人们的注意。

他到达车站的时间与她前一天坐车离开的时间完全一致，只有这样，他才能确保他获得的十七号月台的时间表是正确的。

只有几个疲倦而孤单的旅客散坐在各条长凳上，周围有几个空闲的红帽子搬运工正在闲逛。汤森没有带任何行李，所以他们并没有迎上来。

他沿着月台门一个一个地往前走，从二十三号、二十一号、十九号，一直到十七号。月台门的旁边贴着一张沿途站点的时间表。他侧身坐在时间表对面的长凳上，仔细地研究着，那上面并没有每个站点的到达时间，只列出了列车从这里出发的时间——早上六点。他必须自己采用排除法，才能找出那个目的地。

他谨慎地看了看四周。当整个月台的大理石地板人都空无一人，更没有人在四处走动时，他又站起身来，走到看门人的身旁。他随机选了一张时间表上最靠中间的地名，问："这趟车什么时候能到克莱布格？"

"六点五十五。"

比他寻找的目的地要早一刻钟到达。他看了看下一个站点，问："那什么时候到梅雷迪斯？"

"七点零五分。"

也不是这个地方，那么一定是下一站。他问："几点会到新杰里科？"

看门人开始越来越不耐烦，硬邦邦地说："七点十分。"他脸上的神情仿佛在说：你到底还要刨根问底到什么地步？

汤森已经问完，转身离开。他找到了自己正在寻找的那个目的地的名字。

她来自新杰里科。在探寻神秘过去的路上，他又迈进了一步。现在，他必须找机会安全地离开这里，就像他悄悄地来到这里一样……

第十三章

又到了周四。黑暗中出现了两种声音。又到了“爱情与走钢丝”游戏的时间了。

在她到来之前，他已经有了完整的计划。他最近发现的信息令他满怀激情，希望能将这神秘的帷幕再掀开一些。他就像一个走过了宁静而漫长的旅程的旅行者，在即将返家的最后一个小时里，迫切急躁已经折磨得他快要发疯了。

今晚，他有两个首要问题要解决。他必须集中精力应对两件事情。就像是隧道尽头的一对灯笼，无论通道如何曲折，它们都将闪烁在路的尽头：何时？何地？

时间与地点。然后，他就可以由此继续追查。时间与地点，这是解开谜团的方程式中他必须获得的两个变量。一旦他知道了这两个信息，他就能找出答案。他必须获知这两个答案。

即便他的嘴唇碰触她的嘴唇时，他的心中依然在不停地追问：何时？何地？

她站起身，穿过房间，放下窗帘。

何时何地？何时何地？何时何地？

当她走回他身边时，她稍微犹豫了一下，仿佛在她离开的一个星期中，某些埋怨的火苗已经被点燃了。他能感觉到她的这种情绪，情侣们之间，在这些方面，简直有些心灵感应。

“你为什么难过？”在黑暗中，他喃喃地问。

“维吉尼亚是谁？”

他几不可闻地咽了口口水：“我不知道。你从哪里听到这个名字的？”

“从你那里。”

“你听错了。”

何时何地？何时何地？何时何地？

“那是你在新杰里科认识的人？”她忿忿不平地接着说道，“或者是这段时间里你躲在城里时勾搭上的女人？”

“在城里，我一直隐姓埋名……”

“得了，你在那里并没有隐姓埋名！”她生气地扔回一句。

这给了他所期盼的答案，其中一个答案。他猜出了地点。新杰里科，就是那里。

现在只剩下一个灯笼的秘密了：何时？何时？何时？

她依然觉得很委屈：“那让她给你买杂货好了，如果她这么好的话！这对我来说可是件好事，至少我不用听到别的女人的名字了……”

“嘘！会有人听到的。听我说，没有维吉尼亚，我不认识叫维吉尼亚的人，对我来说，那是一个州的名字……”

“你那时候想的可不是地理问题！”她的怒火冲着他爆发了

出来。

他伸手握住了她的手。她慢慢地平静下来，又回到了他身边。一开始，她姿势僵硬地坐在床上，背对着他。然后，她撑起一条胳膊，侧过脸避开他。最终，她彻底原谅了他，又将额头靠在了他的肩膀上。

何时？何时？何时？

“丹尼，告诉我实话，就像以前那样……唉，你的眼睛看起来更有魅力了。不，骗我吧，你还是骗我吧！我想许个愿……他们永远也不会找到你，那么你就会永远属于我了，永远……”

“永远”，是一个关于时间的字眼。他必须抓住这个机会，也许再也不会有这样的机会了。

“永远，那会是很漫长的一段时间。我们这样多久了？你还记得吗？你知道，我的记性总是不怎么好……”

“九个月了，对吗？”这个问题令她开始数出声来，这是那种受教育程度不高的人的习惯，“你瞧，八月、九月、十月……嗯，对，就是九个月零十五天。我没想到你能躲这么久。”

所以，不管发生了什么事，那件事情发生在去年的八月十五日。时间，加上地点，这就是他想要知道的过去。

第十四章

尽管已经去过了火车站，但是踏入图书馆的阅览室时，汤森依然非常小心谨慎，尽管那里的学术氛围，相对火车站的日常环境而言，是令他更有安全感的。不过，也有可能谁会突然抬起头来看他一眼，然后猛地把他认出来。

他低着头，走到前台处，排在其他人的身后。

“请问，这里有新杰里科旧报纸的存档文件吗?”

工作人员看着他，说：“对不起，没有。”

也许新杰里科只是个小地方，那里根本不发行地方报纸。天晓得那是个什么样的地方，也许不过是个人迹罕至的十字路口。

他又试着问道：“那么，请问，你知道哪个大一点的城镇离新杰里科最近吗?”

工作人员似乎并不吃惊，显然，与他工作中需要回答的其他奇怪问题相比，这还算是个简单的问题。他说：“我不能确定，但我想，最近的应该是梅雷迪斯吧。”

“那么，请问你们这里有梅雷迪斯的报纸吗?”

工作人员看了看，说："是的，我们有。但存档不一定完整。你填一下这张卡片，然后在那里稍等一下，我们会叫号的。"

他开始填写那张卡片："梅雷迪斯《领先报》，一九四〇年八月十六日。"并签上了自己的名字——爱伦。那是八月十五日之后的第一天，那一天的报纸正是他需要的。

当他们将那张报纸拿到他面前时，他小心翼翼地将它接过。忽然，他有种想逃离的冲动。他不想打开这报纸。他想就这样丢下报纸，从这间阅览室、从提拉瑞街上逃离，从过往那个神秘的自己那里逃走。解开过去谜题的钥匙，就在他的手里，但他却开始感到恐惧。这是弗兰克·汤森与丹尼尔·尼林这两个身份，最后一次交织在一起。

丹尼尔·尼林到底做了什么？他打开报纸，垂头丧气地坐在桌子前，开始阅读。"丹尼尔·尼林"的名字出现在他的视线中。他曲起手臂，环抱在胸前，以一种自我防御式的姿势，继续往下看。

恩将仇报的谋杀

新杰里科城郊，八月十五日发生了一起残酷的凶杀案。

昨天下午早些时候，丹尼尔·尼林开枪打死了新杰里科当地望族之一的哈利·S. 戴德里奇，凶杀案发生在死者位于城郊的寓所中。被害人在过去两年中，不仅是尼林的雇主，还慷慨地为他提供了住处。

被害人的妻子艾玛、他的弟弟威廉以及邻居阿瑟·

斯特拉斯，回家取早前遗忘在家的车票时，惊恐地目击了凶杀现场。当被激怒的凶手从屋子里冲出来追赶他们时，他们设法逃回车上，并开上高速公路，这才逃过了一劫，后来，他们开车前往邻居斯特拉斯的家中打电话求救。当警察赶到时，警员E. J. 埃姆斯发现，凶手已经逃离现场，而凶器则被丢弃在地上。被害人行动不便的父亲，埃米尔·戴德里奇先生，则在另一个房间里，安然无恙地坐在轮椅上。

人们对于尼林的过往一无所知。被害人戴德里奇先生不顾家人的反对雇佣了他，并让他住进了家里。原先，他在戴德里奇家中担任杂工，处理一些修缮房子的事宜。几个月前，体弱多病的老戴德里奇先生的看护被解雇了，尼林便取而代之，并在房子里拥有了一个属于自己的房间。

凶案发生时，被害人的妹妹，阿黛尔·戴德里奇也在家中，由于深受神经病的困扰，她幽居于二楼的一个房间里。家里还有两位仆役，厨师茉莉·麦圭尔女士和女仆露丝·迪伦小姐。这两人在凶案发生前不久，已经离开了那栋房子。

根据警员埃姆斯的调查，当日发生的事情经过大体如下：午餐的时候，戴德里奇夫人提起想去城里购物，她丈夫便提议自己的弟弟开车送她去新杰里科坐火车。刚过两点，他们俩就驱车前往车站了，而退休赋闲在家的戴德里奇先生则习惯于每天中午午睡一小会儿。

他们离开之后不久，麦圭尔女士和迪伦小姐也离开了房子，一起去乘公车。人们最后看见尼林的时候，他正坐在被看护的老戴德里奇先生的旁边，显然正在打着瞌睡。戴德里奇太太和她的小叔子在去火车站的路上遇到了邻居斯特拉斯先生，见面之后两人就邀请他搭一程顺风车。

不一会儿，戴德里奇太太发现她将火车票遗忘在了家中，于是他们掉头回去取车票。当车子驶近房子时，他们听到从温室的方向传来一声枪响。他们还来不及下车，尼林便挥舞着还在冒烟的猎枪冲出了温室。他们都被吓坏了，马上将车开回高速公路上，而尼林在后面追赶着他们。

警方到达现场时发现被害人戴德里奇先生已经当场死亡，猎枪几乎轰掉了他半个脑袋。而书房旁的一个小保险箱则被撬开，里面的东西散落了一地。

现场是否有钱财被劫，已经无法知晓了。此前的几周之内，戴德里奇先生曾多次抱怨过保险箱中的小额现金不见了。警方相信，戴德里奇先生设置了一个陷阱来抓偷钱的小偷，却正好发现尼林正从保险箱里偷钱。他试着求救，却被凶手一路追到温室被激怒的凶手最终在那里开枪打死了他。

据埃姆斯警官的描述，凶手中等身材，大约二十七八岁，有着浅棕色的头发和浅棕色的眼睛，外表看起来很温和。他手腕的背面，有一个蓝色的船锚纹身。

警方在通往市区的各个主要道路上设置关卡，希望能尽快将凶手绳之以法。

他略微将袖口向前提了一点，那个蓝色的小船锚图案，隐藏在衣袖下。

他杀了人！这个想法在他的脑海中像火箭一样爆发，就像闪烁在夜空中的烟火，在一切东西上投上一层苍白的绿色。

他用手背抹了抹嘴，就像是要擦去某种怪味。他是恶人中的一员。他会被追捕。他会被绳之以法、处以死刑。他是一个杀人犯。他不配得到任何庇护、任何怜悯。正如这世上所有的法律和神谕所说的：“让他人流血的人，也必须付出血的代价”。

他是一个杀人犯。他是一个罪犯、一个应当被驱逐的人。

现在他全懂了——那身穿灰色西装的男子、那无声而坚定的追踪、那深夜闯入他家的突袭。帷幕已经完全升起，他彻底看清了他面前的世界。这不是什么私人恩怨，也绝对不是什么纠缠不休的仇家。追踪他的，正是这社会的正义力量。那个人一定是警察，不然他怎么可能在拥挤的月台上拔出枪射击车厢玻璃呢？

一只手轻轻地搭在他的肩上。他仿佛触电一般，心脏抖动了一下。一个声音轻声而婉转地说：“请不要在这里睡觉。”

他从交叉的手臂之间抬起头来。他的眼前出现了幻象：他看见一个二十七八岁、中等身材、有着浅棕色头发和浅棕色眼睛的人，冲出一间封闭的屋子，手中拿着一把冒着烟的猎枪。

第十五章

一切都不同了。他们不再是两个人单独待在一起，房间里有个鬼魂和他们在一起，就在他们的床上。不管他将她搂得多近，哪怕当他亲吻她时，他亲吻的都是鬼魂那张冷冰冰的、笑嘻嘻的脸。

“发生了什么事，丹尼？今晚你怎么这么安静？”

他知道他只有两个选择，走进那些门口有一盏绿色灯的房子，然后自首：“我就是丹尼尔·尼林。”或者……

他再也不能忍受这一想法了。

“露丝，你认为我真的做了那件事吗？”

她将脸转开，说：“有三个人亲眼看到了。我试过相信你，但……”

“但如果我说我没有做过，你会不会相信我的话？”

“哎呀，我当然会尽我所能地相信你，但我不知道我能不能真的做到……”

“如果我说我没有杀人，你会不会帮我证明我没有？你会不会帮我找出真凶?”

“噢，丹尼，我愿意为你做任何事！你打算怎么做呢?”

“我要回去那里，一切发生的地方。那是证明清白的唯一办法，而且，我需要你的帮助。”

即便他们正躺在床上，她也以极快的速度跳了起来。她站在房间的黑暗中，面对着他，一脸震惊：“回到新杰里科？回到戴德里奇家？噢，丹尼，不！你知道他们会怎么对你！待在这里，求你，这样至少你还能……”

“我必须去，这是我唯一的机会。我不能留在这里，我必须去那里。”

“可是丹尼，那是自投罗网！他们一定会立刻报警……”

“如果他们看到我的话。”他固执地说，“所以我需要你。”

“丹尼，”她支支吾吾地说，“这不可能，我们不可能脱身的……”

他急促地打断了她：“我想了好几天了，我已经决定了。即便你不帮我，我也要去，只是会更危险罢了。我知道我没有杀人，我不能证明自己的清白，我没有办法证明。我知道有三个人亲眼看到了，我知道报纸上是这么写的，我知道警察说这就是真相，但我不在乎！即便全世界都说我杀了人，我也不在乎！我自己知道我并没有！我不会坐以待毙，只要我还活着，我绝对不会坐以待毙。我要回到新杰里科去，回到这一切发生的地方去做个了断。好吧，现在告诉我，你会帮我吗？你会站在我这边还是他们那边？你是要帮我还是要让我去送死?”

黑暗中，她弯下腰，头发扫过他的肩膀，仿佛温柔而温暖的雨滴。她的嘴唇落在他的嘴唇上。在她吻他之前，她喃喃地承诺道：“你根本不需要问我，你知道我会帮你，丹尼。即便这会要了我的命。”

第三卷　帷幕之后

第十六章

这一天，是他出发探寻过去的日子。他将搭乘当天的末班车，晚上十一点的那班。上周她回城的时候，他们已经仔细确认了所有的细节。一下火车，她就从车站直接赶来他的住处。她记得在新杰里科有一间废弃的小木屋，从没人去，所以他打算藏身在那儿。

提拉瑞街上，夜幕已经降临，屋子里鬼魂般的影子最后一次游荡在房间的墙上。她早该到了，时间一分一秒地过去，他焦急地等待着，那鬼魂仿佛正嘲笑着他：“没用的，你永远无法离开这里。”

他终于忍无可忍地将遮光帘放了下来，墙上的影子就此消失了。于是，只剩下一扇无法向外张望的窗口、一扇无法踏足门外的房门。

然而，她还是没有出现。他伸长脖子从遮光帘的一角向外窥视，把窗帘弄得完全扭曲变形。窗下方的人行道上，来来往往走在坡道上的人群似乎正往他窗口的方向聚集。

她一个小时之前就应该到了。她说，最晚下午晚些时候她就会抵达他的住处。为了安全起见，他们决定搭乘最后一班火车。

他比她想象的更需要她。她一直以为他曾经去过那里。他的身体确实去过，但他的大脑却对那个地方一无所知。离开了她，他几乎寸步难行，就像一个没有向导独自过马路的盲人。没有她，对于实现自己的计划，他根本手足无措。

但他几乎可以确定，她不会来了。她早就该出现了，最后，她还是背叛了他，尽管这一切完全可能是无心的。时至今日，他已经完全明白，她全心全意地爱他，绝不可能背叛他。对他而言，她就像是另一个维吉尼亚，维吉尼亚也会像她一样帮助他。一定是发生了什么意外——也许，当她在凌乱的小木屋里四处走动试图为他收拾干净房子的时候，不小心摔断了腿。也许铁路上发生了什么故障，以至于列车晚点了。但即便如此，四五个小时也太久了，火车应该已经到了。也许她安全抵达了城市，正在赶来他住处的路上，却发生车祸被车撞了。可能此时此刻，她正无助地躺在医院的急诊病房里。

远处带尖顶的老房子里又一次传来了钟声。尽管心里清楚地知道现在几点了，他依然默默地数着钟声。咚——咚——咚，八、九、十。十点，还有一个小时。如果他现在就离开，还能赶上那班列车。这会儿，她还没有来，那么他也无需再等待了，她不会出现了，可问题是，他该怎么办？在这里继续无所事事地待上一周？也许下周她也不会出现。他想，他可能永远见不到她了。

没有她，他该怎么办？他要怎样才能躲避那些熟识的人？在新杰里科，他们一定都对他很熟悉。他必须找人问路，而他第一个问路的人，就可能将他的行踪报告给警察。即便在那城里走动都可能是很危险的，这就是为什么她原本计划要给他带些伪装的衣服来。火车站是最危险的地方，那里灯火辉煌，到处都是人，人们知道逃犯们会从那里逃走，随时准备着向警察报告行踪可疑的人。没人相信他只想回去探寻过往，而不是逃离。他必须穿过狭窄、有人看守的一个个通道，才能登上列车。

在无人协助、孤立无援的情况下前往新杰里科，他几乎确信，他在路上就会被捕，这简直就是自投罗网。

但，他必须去。

他没有假发，也没办法漂染自己的肤色，但他必须想出办法，神不知鬼不觉地潜入新杰里科。等等，一楼那个二手皮货店，他们收集废弃的皮毛料，然后用剪刀和胶水将废料重新拼凑在一起，向附近的苦力们以一美元五十美分的价钱兜售。

片刻之后，他穿过那因为刺鼻的胶水气味而总是开着的门，走进皮货店。“你瞧，我想跟我的女朋友开个玩笑，你知道的，逗逗她。你看你能不能在我耳朵前面和两侧的眉毛上都涂点胶水，然后拿几片薄薄的皮毛，你用不着的那种，贴在那些地方。我想让它们看起来就像是长在那里的样子。”

皮货工人不高兴地挥了挥手，说：“真是滑稽的主意，我可没时间弄这个。”

“这是二十五美分。你是个好手，我相信你能弄好。”

小贩将二十五美分的硬币在光秃秃的地板上敲了敲，然后拿起胶水刷，凑近汤森的脸，他警告说：“这胶水的味道，你女朋友可不会喜欢。”

他们费了很大功夫才做出一种半自然的效果。他将帽子压低，只留一些稀疏的海豹皮做的鬓角和眉毛从帽子下方露出来，算是起到了一些伪装的作用。他将上衣的衣领竖起，盖住了颈后的头发。他们甚至试着在他的嘴唇上方黏上几股皮毛，但那看起来糟透了，不得不又将它除去。

他只能做到这种程度了，只是微不足道的一点变化。任何原先就认识他的人还是能认出他来。但对于人群中那些第一眼可能无法确定的人，也许他可以试试运气。

夜已深，他回到自己的房间，依然抱着一丝希望：她会出现在他面前。但房里依然空无一人。他别无选择，只能独自离开了。

他深吸了一口气，快速摩擦着手臂，对自己说："好吧，出发。"他伸出手，扭动煤气灯上的开关，将灯关上。

提拉瑞街渐渐消失在他的视野中。他开始了耐心探寻过往的旅程。

第十七章

他拿着一张摊开的报纸，挡在眼前几英寸的地方，这对他藏匿自己的身份稍有些帮助。但他不能举着报纸走在车厢里去寻找座位或者是从座位上离开。而那些短暂的通道上，才是真正危险的所在，他必须从两排座位之间，从那些懒洋洋地向上抬起头、检视着过路人的旅客们之间走过。但，什么事也没有发生。厄运正在蛰伏，养精蓄锐地准备挥出最后的几记重拳。

被地下通道包围的火车站，看着似乎要比地面上的街道安全一些。但当他踏进宽敞的主候车室时，忽然，仿佛广场恐惧症猛烈地袭来，他觉得大厅的围墙仿佛距离他几千英尺，他似乎是独自行走在一片空旷的大理石和水泥混合而成的汪洋中，周围的一切全部都静止不动。他引人注目，却又无处藏身。恍惚间，他觉得聚光灯正将他从头到脚地照亮，跟着他穿过这巨大的露天广场、这一望无际的旷野、这无处躲藏的空旷，在他的周围，看不见的面孔正围绕着他，紧紧盯着他、扫视、审视着他。

他找到一个售票窗口，但那个窗口不发售他想要的车票。他又转到另一个窗口，说：“给我一张到新杰里科的票。”

“一美元八十四美分。”

他在口袋里不停地寻找，售票员一直在窗口圆形的零钱垫上敲打着手指，当汤森把所有的钱都交给他之后，他还是不耐烦地敲打着手指：“你还差一美分，一美元八十四美分。”

“我身上就这么多钱了，我一定是算错了，你能不能……”

“你得给我足够的钱，我才能把车票发给你……”

“但我只差一美分，只差一美分。我不是故意的……”都是该死的假眉毛和鬓角！如果不是为了那些伪装，他买完车票应该还能剩下二十四美分呢。

“我要是少收你的钱却卖给你车票，我会因此而丢掉工作的，你知道吗?”也许他是个新人？也许售票员们真的不能这么做?

汤森的身后已经有人探出身来，好奇地打量起他了：“嗨，你可别害我错过火车，就为了一美分！差两分钟就十一点了！”

售票员的眼神顽固而坚持：“我卖出去的每张票都得从窗口收到票面上的金额！我才不管你是差一美分还是差多少呢！你想怎么着？让我自己出钱给你垫上吗?”汤森看见他扭过头，将车票放回原来的架子上。

身后的男子稍稍推了推他。忽然间，他发现自己已经太靠近检票口，无法继续与售票员理论了。他转过身，离开拥挤的售票窗口。在那旁边，他发现了一个小小的入口，通往一间小小的候车室，里面有一排排的长凳。他偷偷溜了进去，只想离空旷的椭圆型大厅远一点，离那些无奈绝望的念头远一点。

他侧过身子，一路走到最远端的长椅上，坐了下来。他可以在这里坐上一夜，漫无目的地等待。

他的面前站着一个人，正因为焦虑或是其他什么原因摇晃着身子。忽然，一个声音传来："快点，我们没时间了！"那人撞到他，快速地走开了。他面前出现了一面狭长的镜子，汤森看着里面自己的身影，停下来。那人影，尤其是那新贴上的胡子和鬓角，仿佛是一个陌生人。镜子的下面，自动贩售机的三个拉杆位里有一个正停在一半的位置。尽管没有任何意义，出于本能，汤森拉动了那个拉杆，好让它停在正确的位置上。

拉杆回到原位，一个一美分的硬币，破旧的，脏兮兮的，带着印第安人头像的一美分硬币，从下方的槽口中掉了出来，那里本来是口香糖掉出来的地方。

他转身跑回售票口，还差四十五秒就到十一点了。

汤森恨恨地说："这是你的一美分，你个狗娘养的！"栅栏后面的售票员吼了回来："这是你的车票，你这个混蛋！"汤森在检票口关闭前的最后一刻冲了过去，他像一匹脱缰的野马般冲向列车，抓住了车身上的把手。列车已经开始移动了。列车员重新将门打开，让他上了车。

这是当天晚上的末班车了。车上却挤得满满当当。他走过他上车的那节车厢，车厢里已经没有空座了。他不停地在车厢里走动，希望能找一个座位不引人注意地坐下来。当他踏进第三个车厢的时候，他险些误闯进危险的境地中。

两个小细节拯救了他。

车厢里的座椅都是可以旋转的，它们可以面对车头或车尾这两个方向中的任何一个。但这节车厢里，所有的座椅都面朝着一个方向，只有一个例外，也许那个座椅被卡住了，也可能是座位上的两位乘客故意将座椅旋转，以面和同行的旅伴方便对话。

第二个巧合是，这反向双人椅上的一个座位上坐着的正是露丝·迪伦。也许她找不到位置，不得不坐在那里，即便那个座位与其他所有的位置都朝向相反的方向。她身边的那个陌生人正忙着与对面的朋友交谈，而当汤森跌跌撞撞地闯入这节车厢和他们的视野时，他们两个是整个车厢里仅有的看见了他的人。

露丝一下子就把他认了出来（这同时也证明浪费时间和金钱贴假眉毛和鬓角不过是多此一举）。她的眼中满是恐惧，然后，她迅速地挪开了目光，她的惊恐并未消失，而是她害怕自己长时间的凝视会出卖他。

所幸，他的脚步刚好停了下来，过道的门刚刚合上，而她只有短暂的时间做两件事，两个轻微细小的动作，如果不是他一直盯着她看，他甚至可能完全没有注意到。她轻轻举起手，很快地做了一个拒绝的动作，对他而言，那只可能是一个意思：“不要过来，不要靠近我。”然后，她的眼光迅速而急切地转向身后的过道，汤森明白她的意思，她要告诉他：“看我的身后，看过道那里。”

汤森照着做了。在她身后两个座位的地方，是一个熟悉的背影，熟悉的侧面、熟悉的肩部轮廓，以及，熟悉的灰色的帽子——那个在他另一个人生中追捕他的跟踪者。那男人脖子上的肌肉收缩，正要转头，或许是回头看看露丝是否仍然坐在原来的位置上，又或许是听到了刚才车厢门打开的声音正准备回头看个清楚。

再往车厢里走一步，汤森就没法脱身了。即便如此，车厢门就在他的背后，车门上半部分是玻璃，即便他走出去，追踪者回头看的时候也会立刻发现他。他用肩膀撞开了旁边的另一扇门，然后躲了进去。当那男人回头的时候，洗手间的门一定也同时关上了，于是他只看见空空如也的走道。

接下来的一路上，汤森都惊魂未定地待在洗手间里，背靠着门，一条腿抵在对面的墙上支撑着自己。他数着列车经过了五站，期间一共三次有人敲洗手间的门。在与敲门人对话让他们去其他洗手间的过程中，他庆幸地意识到，敲门人都不是穿灰色西装的追踪者。但是，洗手间的门一直关着，其他乘客无法进入，也可能引来一场翻天覆地的调查。

他在洗手间里紧张得大汗淋漓。这是他第一次彻彻底底地失去了行动自由，甚至在那晚他们闯入安德森大街上的公寓时，他至少还有升降机和地下室这一线路可以脱身。他不知道列车现在开到了哪里，也不知道列车何时会到站，而他显然不可能来得及在新杰里科车站下车。洗手间的窗口敞开了一点，但窗户被固定住了，而且玻璃并不透明。

身后的车厢里，列车员报站的广播也传不到他所在的地方。如果他坐过头，超出他车票上的票价，他可能会被列车员逮住，当他一踏出洗手间就会被列车员团团围住，他们会要求确认他的身份或者是补收车费。现在，他的命运就完全取决于外面那些旅客是否有足够的警觉性，是否意识到整个旅程中很长的一段时间里，应该一直开着的洗手间的门却始终保持着关闭和无法使用的状态。

当列车停在第六站时，他听见洗手间门底下的缝隙处传来了拖着鞋跟走路的脚步声。那声音只持续了几秒，却反复了几次。这绝不是巧合，一定是某种信号。一定是露丝找准了机会，在走来走去的路上，用鞋跟发出了这样的声音。

他立刻打开洗手间的门，她背对着他在走道上徘徊着，假装在往鼻子上扑粉。她没有转过身，而是从镜子里看着他。她快速而低声地说："是埃姆斯，他刚才从车厢的另外一头下车了，他不想让我看到他。现在他就在车站里的某个地方。等我离开车厢后，慢慢地数到十，然后离开这列火车。仔细听我说，我们只有一分半钟，在离我们不远的地方，有一辆堆满了行李的行李车，我现在从车窗就可以看到它。你要跑到那里，躲在行李车的后面。我想我能甩掉他，如果我不能马上回来找你，等我确定甩掉他的时候，就立刻回来找你。记住，等我，不要走开。还有，慢慢地，数到十。"

他走到外面的过道上，看着她的身影消失在车厢的拐角处，他听到她的高跟鞋踩在车框上的声音。按照她说的，他开始计数：一……二……三……

"上车啦！"平台上传来列车员的叫声。

当他数到十的时候，列车开始移动了。他必须往回跑而不是往前，因为行李车已经溜到车门的另外一侧了。正当他踏出车厢门时，远在出口处方向的她忽然发出了一声尖利的呼叫。时机掌握得刚刚好，他抓住了机会，快速走向他的目标方向，同时，他还是忍不住向她的方向投去一瞥，她成功地制造了一个小干扰。

站台上的每一个人都将头转向她的方向。一个漂亮的女孩子将她的脚扭成那样，一个膝盖和一只手着地地摔倒在地并发出尖叫，人们不由得不转头注目，即便是警察也难以幸免。汤森从行李车的后面往那里看，一小群人正聚集在她周围，他们扶她站起来，帮她拍掉身上的灰尘，纷纷对她表示同情。然后，他们踉踉跄跄地往另一头走去，而火车也伴随着轰鸣声驶离站台。长长的混凝土平台上一片空旷和沉寂，只有列车时刻表的显示牌在地上留下黑白相间的影子。

一刻钟之后，她再度回到月台上的时候，高跟鞋鞋跟发出6/8拍子①的踱步声，打破了车站的寂静。若非列车到站整个火车站是死气沉沉的。

她走向他，他从藏身的地方探出头看了看她，问："安全了?"

"没事了。我在广场对面的乔丹药房往手掌上抹了点碘酒。为了找借口多待一会儿，我在柜台上喝了一罐汽水。他直接回警察局办公室去了，我从药房的窗口看到他了。只有一条大马路的乡下城镇就这点好好：发生的所有事情都一目了然。"

"你确定他已经下班了？也许他仍偷偷跟着你呢?"

"我一回到这里，他就不再对我感兴趣了。在这里，我不过是一周七天按部就班，工作和睡觉罢了。只有在城里，他才盯着我不放，我想他跟我乘同一班火车回来，就是因为下一班车要等到明天早上六点。但他真是让我一整天都过得不得安生！简直千钧一发，我差一点就直接带着他去了你的住处，只要晚那么一分钟，我也许就不会发现他正在跟踪我。丹，当时我已经一只脚踏上了开往提拉瑞街的公共汽车，然后，我看见了他。"回想起那惊心动

① 以8分音符为一拍，每小节有6拍。此处指节拍较慢的踱步声。

魄的一幕，她叹了一口气，"幸好，他没有发现我看到了他，于是我假装什么也没有看到，继续坐上了同一辆巴士。但那一刻，我简直可以感觉到寒气从脚底爬上来！"

他略带疑问地看了她一眼。

"我没有选择，他已经看到我上车了，如果我退缩，他马上就会知道我已经发现了他，而那是我最不愿意发生的事情。你瞧，去瓦特街和提拉瑞街的巴士是同一条线路，一切都没什么不同，只是我清楚地知道自己被跟踪了。我在我姐姐家那站下了车，整个下午都和他们待在一起，吃了晚餐，从给你带的包裹里拿了一样东西送给我姐夫，告诉他那是特别为他准备的，总算蒙混过关。你知道那个晚上我都待在那里吗？我一直待在勒夫电器商店里，我只能待在那里。我必须离你越远越好。不管是白天还是晚上，我都不敢去任何离你太近的地方。我不敢冒那个险。"

汤森说："你真是太聪明了。"

她因为他的赞美而微微有些脸红，然后接着说："你能想象我是怎么度过整个晚上的吗？我整晚坐在那里看着塞舍尔·罗梅罗①，但从头到尾出现在我眼前的都是你的脸。埃姆斯可能也躲在某处看完了整个节目，但我没有看到他。后来我坐上巴士，回到火车站，坐上回家的火车。这比跟踪别人更难，明知道被人跟踪，却还要装作若无其事。"

汤森问："他想从你这儿得到什么呢？"

"当然是为了找到你。他肯定有什么第六感，知道我与你见面

---

① 塞舍尔·罗梅罗：美国六十年代知名男演员，活跃在电视、电影以及广播中，他最知名的角色是电视剧《蝙蝠侠》中的"小丑"一角。

了。天晓得为什么！如果有人跟你说这些警察是蠢货，千万别相信！他们可厉害了，他们会读心术，他们根本就是魔术师！”

不，他们确实是蠢货，汤森对此嗤之以鼻。他啃掉了一截指甲，手疼得抖了一下。他说：“但，他们就是错了。他们认为我杀了戴德里奇，但我没有。”

“如果你这么说，我就相信你。现在的问题是，你要怎么从这里脱身，到戴德里奇家那里去呢？”

“你一个人的时候通常怎么去？”

“我从这里的广场坐大巴过去，巴士一直开到小木屋那里。但这对你行不通。”她绞尽脑汁地环顾着四周，“等等，我回来找你的路上刚好看到了一辆卡车停在车站前，就在火车站的另一侧。司机一定正在乔氏餐厅吃饭。我得想办法弄清楚他们是不是开往我们要去的方向，如果刚好是，那我们可以搭他们的便车，而无需害怕他们会认出我们。他们不是本地人，只是刚好路过而已。你待在靠近出口的地方，但不要离开候车室，尽管警察们都已经下班了，但那里还坐着一个看门人。”

他跟着她在候车室所在的干干净净的混凝土小楼里绕了一圈。她停了下来，指着远处，说：“看到了吗？就在那里，那就是我说的卡车。”

他捏了捏她的手臂，夸赞道：“你的眼力真好。”

“当你为心爱的人小心提防的时候，必须如此。”她以理所当然地语气说，“看，他们出来了。你就躲在这里，如果我确定他们是往那个方向去的，我会向你挥手示意，你就快速从这里走过去，不要在空旷处做不必要的停留。埃姆斯虽然可能会整晚留在办公室里写他的报告，但谁知道呢……”

他看着她走过去，站在那里与两个司机中的一个聊了一会儿。他看见那司机摸了摸自己的帽子向她致意，然后，他看见一片阴影中，一只戴着白手套的手高高举起，挥了挥手，发出了信号。

他猛地冲出候车室，快步走过火车站后方灯火通明的空地，直到他走近闪着铝制光泽的卡车，再次躲进车后的阴影中。

“吉米，一切都解决了，”卡车轰鸣的发动机声中，她大声地嚷嚷道：“这些先生们答应让我们搭个便车。我跟他们说了你丢钱包的事。你得爬到卡车后头坐，前面只有三个位置。”

他没有靠近那两位司机，在阴影中无声地扬了扬手示意，表示感谢。

刚巧，卡车的后挡板已经放下来了，他爬上后车厢，又往里走了一点，直到他自膝盖以上都躲进了一片三角形的阴影中。

卡车轰鸣着开上了路，新杰里科中心城区渐渐消失在他们身后，变成了一个模模糊糊、由黑色块状阴影与明亮的路灯交错而成的棋盘状影子。接着，长长的乡村公路在他们身后伸展开来，道路两侧都是形状各异的黑影，那是路两旁的树木以及偶然出现的房舍。在他们的头顶，星星散布在夜空中。

车子一路不停地开了大概三四十分钟，至少他觉得车开了很久，但也有可能其实并没有这么久。期间，有一辆路过的轿车让他有片刻的不适。那辆车从后面驶来的时候，车灯在卡车车厢的内壁上照出一个巨大的黄色光晕，就在他的正对面。然后，当那辆轿车向外侧驶去试图超车的时候，车灯光开始沿着他的腿往上爬，他的腿被照亮了。他将头埋在膝盖中间，并用手臂将脑袋围了起来，看起来就像是他坐着睡着了。轿车向外侧超过去之后，他才抬起头来。

几分钟后，卡车震动着停了下来，在发动机有节奏的噪声中，他听见了露丝清脆的声音："先生们，你们帮了我们大忙，谢谢。吉米，你下车了吗?"

他从车挡板上一跃而下。片刻之后，在略带卡车尾气的雾霭霭的路边，只剩下他们两个了。她敲打着因为长时间局促的坐姿而疼痛的髋关节，问："刚才我的心都快跳出来了。你看到超过我们的那台车里是谁了吗?"

"我低着头呢。"

"是比尔·戴德里奇和艾玛·戴德里奇！我认出了他们的车。所以当我休息的时候，原来他们晚上干的是这样的勾当！他们本该留在家里照顾老先生，天呐，这简直就是犯罪！丹，你知道，那家里除了老先生和那个疯了的阿黛尔，就没有其他人了。如果她离开了自己的房间，天知道她会对老人干出些什么来！任何事都可能发生，一点短路都可能引起火灾。"

汤森暗暗地想，也许，就算那样，他们也不会太难过。

她指着他们身后一段若隐若现的柏油路，说："这就是去戴德里奇家的那条路，我们尽快离开这里，免得被人看到。前面还有很长一段路要走呢。"

他忍不住回头看了看戴德里奇家的方向——那就是谋杀案发生的地方，路中央立着块随风晃动的白色告示牌，他想，那上面一定写着：私有财产，禁止通行。

他们穿过柏油路，与公路保持着一定距离，一前一后地往前走，她在前面带路。“有一条捷径，”她解释道，“从戴德里奇的房子后面绕过，直接通往那座小木屋。但我宁可费些事儿也不敢带你走那条路，如果他们刚好在我们前面到家的话，也许还没睡下，可能会透过窗户看到你。”

主车道在他们身后离得越来越远，但她仍然往前走。他们离开公路已经越来越远了，这一片都是戴德里奇家的私人庄园，简直像是个小小的郡县！

她终于停了下来，说：“你看到前面的地标了吗？那一圈漆成白色的树干。我们要越过这边界，前面有一小段是没有路的，我们只能凭感觉往前走，然后，我们应该就能回到小路上，转过一个急弯之后，沿着那路一直走就能到了。”

他走到了她的前面，避免她因灌木或者崎岖的地形而受伤。而她站在他的身后，将双手搁在他的肩膀上，为他指引着方向。

“他们为什么不在庄园周围围上围栏？”他问，“这样不是谁都可以闯进庄园里了吗？”

“我猜他们只是太吝啬。他们从彼得·史蒂文森①那个年代就拥有这片土地了，你是知道这些名门望族的，他们的生活不比我姐姐在瓦特街好上多少。除非万不得已，他们绝不会花一美分来修缮或者保养这庄园。如果老先生能说话，他倒是也许会经营一番。”

又走了几分钟，他们意外地踏上了一条土路，如果不仔细看的话，这条隐秘在树叶和树枝阴影下的小路几不可见。她保证说：

---

① 荷兰殖民地最后一任总督，他所管辖的殖民地在1647年被割让给英国。

“接下来的路会像天鹅绒一样平整。”

这条路弯弯绕绕地一直通往一栋两层小楼，那是废弃的看守小屋，一楼是粗糙的混凝土结构，二楼则是原木小屋，有一个倾斜的屋顶，所有的窗户都没有玻璃，房子的门与地面齐平。

他们停在那房子前。

“丹尼，给我根火柴。今天下午我离开的时候，在门里面右侧的地板上留了根蜡烛。”

“找到蜡烛了吗？”

“先进来吧，关上门。”

黑暗像羽毛拂过他们。然后，星星点点的火光出现在她的指尖，继而扩大成摇摆不定的蜡烛火焰，在房间中勾勒出昏黄的光晕。烛火照亮了大半个房间，但一楼的角落里依然是一片黑暗。

他注意到天花板一侧有一处黑色的入口：“怎么上去二楼？”

“上不去的。以前这里有把梯子，从那里可以上去二楼。但有人把那梯子拿走了。而且这房子的年纪大概跟地狱一样久，我想，二楼的地板如今不一定能承受任何人的重量。丹尼，你得待在一楼。”

“窗户怎么办？”

“我尽可能地处理过那些窗户了。正对着戴德里奇家的那扇窗，我用在地窖里找到的旧台球桌布将它挡上了。后面那扇窗，我只能让它就那样敞着，不过那扇窗不在主屋的视线范围里。可无论如何，我们都得小心有人在外面走动，看见这里的灯光。过去的一周里，我一直在这附近忙活，把东西藏在老先生的轮椅下面带到这里。”她微微一笑，说，“有时他坐得比平时高六英寸，不过还好没有人发现。我把他带到这附近，每天花上一两个小时读书给他听。只要老人离开了他们的视线，他们才不在乎我带他去哪儿呢。他们对他也不过如此罢了。”

她将两层毯子铺在地上的面粉和土豆袋上，说：“丹尼，我只能为你做这些了，这就是你的床，我把我的那床毯子给你。如果可能的话，我宁愿把自己的床垫也给你，但那太大了，我没法不引人注意地将它搬到这里来。”

他将她搂在怀里。他们站在那里，沉默不语。他不知道该说什么，但她似乎明白他的心意。

她说：“我得回去了。”

“你能进去吗？还是你得叫醒他们？”

“我自己有钥匙。”

“要不要我陪你走一段？外面那段路看起来并不好走。”

“不！我费了那么大劲才避人耳目地带你来到这里。我不会有事的，从来没什么人到这里来。把蜡烛灭了，等你关上门之后再点。”

他跟着她走到屋外：“我什么时候才能再见到你？”

“每天早上差不多十一点，我都会用轮椅推他出去呼吸新鲜空气。到时，我会溜来这里。”

“不要太冒险。”他目送着她踏上回去的路，直到她的身影消失在黑暗中。然后，他转身走进屋里，关上门。

重新点上蜡烛，他环顾着阴森、昏暗的四周。他脱掉外套，将它叠起来作枕头。他冷冷地笑了起来，轻轻地念道：“远离海洋的家，隐藏着凶手的家。”

第十八章

他睁开眼睛醒来时，几乎以为自己正置身一个洞穴中，眼前是一片蓝色的混沌。因为整夜睡在地板上，他浑身的骨头都在疼，而脖子则好像是彻底落枕了。他把用来做枕头的大衣展开，将手臂伸进袖子里，穿上了外套。随后，他将窗上的绿色桌布取了下来，她只是用图钉将那钉在窗上，万一有人路过，可能会起疑心。

这里没有自来水，他只能出门去找水。房子外面看起来就像是一个巨大的草场，在树木之间，阳光洒下圆形的光斑。一些白色的蝴蝶互相追逐着飞来飞去，那是他目力所及的范围内唯一移动的东西。戴德里奇家的房子根本不在视线所及的范围内。

他终于找到了一条小溪，水流并不大，如绳索般粗细，但至少溪水清冽。他洗了洗脸，用手捧着喝了点水，然后，他装满了一个空罐子，带回去煮咖啡。

露丝似乎把其他所有一切都准备妥当了。主屋里的厨房里有咖啡、听装牛奶、豆子、腌肉，甚至有一罐糖。在房间的另一侧，有一个用鹅卵石砌成的炉子，他用小树枝和秸秆升起了火，用火焰慢慢地加热了咖啡。他不敢用大块的木头，担心从烟囱冒出的烟雾会暴露他的行踪。

就着一小罐微温的水，他用从提拉瑞街带来的一直搁在胸前口袋里的剃须刀摸索着刮了胡子。忽然，他听到一阵“沙沙”的声响，仿佛有什么东西正在外面的一片寂静中滑行前进。

他跳到门口，蹲下身，从门缝间向外窥视。是露丝推着一把橡胶轮胎的轮椅正从小路上走过来。

他走出去，盯着他们看。轮椅上坐着的，像是一个用粉色面团巧妙揉压出来的人形玩偶，整个人身上唯一有生气的地方便是他的眼睛。他的身体和双眼之间的反差如此巨大，有那么一瞬间，汤森甚至出现了一种幻觉，仿佛她推着的轮椅上仅仅只有一双眼睛，就像汽车的前灯高高悬挂在轮椅的上方。

他们沉默而紧张地凝视着彼此，一个完全健康的男子，和一个仿佛只剩下身体轮廓的老人。

露丝以一种对孩子说话般简单的语气，半是尴尬、半是无奈地说：“看，谁在那里？你的老朋友回来看你了，见到他，你高兴吗？”

那双原本就很有神的眼睛，瞬间变得更亮了。

而后，她以温柔和真切地语气问：“你过得好吗？”

“一切都好，露丝，你把什么都安排妥当了。”

“我整个晚上都很担心，几乎无法闭上眼睛睡觉。”

“为什么？”

“把你带到离戴德里奇家这么近的地方，我越想越觉得，这完全就是发疯！尽管上个星期你说服了我，可你根本不应该来这里!”

他不置可否地笑了笑，没有回答她。这是他第一次看到她穿工作服的样子，甚至不能算是一套制服，只不过是一种接近制服的打扮罢了。她穿着一件挺括的黄色上衣，胸前交叉绑着两根带子，连着挂在腰间的一条小小的围裙。这围裙无疑为她的打扮增色不少，那邋邋遢遢的瓦特街姑娘瞬间变成了职业女性。

“他在等你和他打招呼呢，”记挂着她的病人，她略带安慰地说，“丹尼，你可别让他失望!”她以恳求的语气催促道，“你看，他正在求你，我懂得他的想法。”她向前弯下身，两手撑在膝盖上，“你还记不记得以前他常常对你说脏话？当周围没有其他人的时候，他会用尽所有的语言能力，用一种懒散、好脾气的方式骂你，尽管他绝不讨厌你，相反，我倒觉得那是他喜欢你的一种表达。但那些话可不怎么文明。”她一边回忆一边微微一笑，接着说，“这就像是你们两人之间的暗语。好了，快跟他问好吧，等你们说完之后，我转头就会把那些脏话都给忘了。”

她松开了轮椅的扶手，转身，漫无目的地在一旁溜达着。

轮椅上的那双眼睛炯炯有神地看着汤森。

这一幕原本应该有些可笑，但汤森却觉得有些凄凉，甚至有些悲剧的意味。他觉得无助，有些莫名的悲伤。

他用两根手指拽了拽自己的衣领，咽了口唾沫。一开始，他说得有些吃力，磕磕绊绊，但后来，他变得更为自然了，简直就是一场骂脏话的表演。

老人的眼中闪烁着喜悦的光芒。露丝回到他们身边的时候，汤森正在抹去额头的汗水。

她喃喃地说：“这真好，对吗？他喜欢你骂人的声音吗？”

后来，当他们分别坐在轮椅的两侧时，他忽然问：“他为什么一直这样眨眼睛？”

她将轮椅稍稍转了个角度：“一定是太阳光让他的眼睛不太舒服。”

“阳光并没有照到他的眼睛。”他说。

她凑近看了看：“现在没有，刚才有。”

汤森接着抽了两口烟，看着老人一动不动的脑袋。他低声地说：“他又在眨眼睛了。”露丝担心地用手掩住了嘴，说：“也许太阳又转回来了，可怜的人，他现在全身能动的部分只有眼睛了。”

她回到原来的地方坐下，他皱了皱眉说：“你一看他，他就不再眨眼了。好像他只是对着我一个人眨眼。”

“也许他只是想告诉你，他再见到你有多么高兴。这是他唯一能表示情绪的方式，不是吗？”

汤森坚称：“他可不是高兴，他的眼角有泪水。”

“你是对的，他哭了。”她从轮椅侧面的口袋里拿出手帕，在老人鼻梁的两侧稍微擦拭了一下，“他想要你做什么？”

“我不知道。”他无奈地说。

“你一定是什么地方让他失望了。”

是的，他一定是令老人失望了。但谁又知道为什么呢？他们三个里面唯一一个知情的人，却不能说话。她满怀歉意地表达着自己的担忧：“我不喜欢他哭的样子。埃米尔先生，别哭了，好吗？你瞧，你和丹尼尔分开了这么久，他不可能事事和以前一样。”在家里，他们一定像对待孩子一样对待老人。她问汤森："以前你是不是会从口袋里拿什么东西给他？像是果冻或者咳嗽糖丸之类的？”

“我不记得了。”尽管令人绝望，但他说的全是真话。

第十九章

天黑之后，一阵轻轻的敲门声惊醒了他。此前他完全没有听到脚步声之类的征兆，敲门声传来的时候，他正坐在屋子后方黑色的壁炉前抽烟。他将手掌向下挥熄蜡烛，从他坐着的纸箱上起身，沉默而紧张地站在原地。

仿佛是夜晚的风声，或者只是某种错觉，他听到有人说："丹，是我。"他走到门口，挪走挡在门口的大椅子，并放下手中拿来做武器的短铁锹。

"三刻钟之前，他们出门去了，我也安顿好埃米尔先生去睡觉了——这实在是大好的机会，我必须溜出来看看你，确保你一切都好。我怕食物不够，所以偷偷从厨房拿了些给你。"

"我怎么没听到你的脚步声?"他问，帮她将大纸箱拿进屋子里。

"可能是因为我穿了球鞋。丹，听我说，我必须提醒你将蜡烛罩上，或者用什么别的方法挡住面朝小路那个方向的窗户。我刚才一转过弯就看见了黄色的光晕。窗框下面一定有缝隙，如果其他人看到……"

但他有些心不在焉，他问："你知道他们去哪儿了吗?"

"不知道，我没听见他们说起。"

"他们把车开走了?"

"嗯，可那也不代表什么，从这里出去，不管去哪里，他们都得开车，不是吗？怎么了？你为什么这么问?"显然她并不喜欢他此刻的问题。

"我想让你带我回屋子里去。露丝，他们出去了，带我去看看事情发生的地方。"

她瞬间被吓坏了。他的疯狂念头震惊了她："不！丹尼！你不能!"

"你说他们出门去了，不是吗?"

"但他们随时可能回来。想象一下，他们回家刚好撞见你!不，丹尼，请不要这么做!"

他以平静但不容置疑的语气说："带我去那里，露丝，我想看看事情发生的地方。即便你不帮我，我也会去。我自己去。"

"你简直是又疯又傻!"她伤透了心，跟在他后面走出了小木屋，木门在他们身后摆动。当他们走上黑暗中的小路时，她喃喃地抱怨道："在这附近闲逛，迟早会有糟糕的事情发生！你应该躲得越远越好，那样也许你还能平平安安的。你这样得寸进尺，根本就是在自找麻烦，为什么我要为你操心!"

"我也不知道，"他同意道，紧紧抓着她的胳膊，说，"但感谢上帝，你还是为我做了这一切。"

最后，他们终于走到戴德里奇家的后方，在月光的照耀下，那屋子在云层密布的天空下，整个轮廓像是被镀上了一层银色。他低喃道："原来就是这里……"她满腹狐疑地看了他一眼，她并不知道这其实是他第一次来到这里。就像是遗失了整部影片的最后一卷胶片，他还从未有机会亲眼见到这屋子。

他跟着她靠近前门，一阵不同寻常的战栗从他的背脊上滑过。此时此刻，他终于将踏足神秘的过往——关于过去最核心的秘密。

她拿出钥匙，打开门，迫不及待地让他越过她走进屋子里。她慌张地回头张望着，说："在我开灯之前，你先进去。你站在旁边的角落里，这样别人就不会透过玻璃窗看见你了。"

灯亮了，他马上意识到，眼前就是谋杀案发生的客厅。弗兰克·汤森，第一次亲眼看丹尼尔·尼林犯下谋杀行径的现场。

这房子显然历史悠久，也有些破败，空气中笼罩着一种沉郁而压抑的气氛，就像是几代以来这里从未有过多少欢笑，与其说这里是充满了激烈的恨意，不如说冰冷而无奈的沮丧似乎更为精确地描述了这微妙的氛围。空中弥漫着淡淡的栀子花香，仿佛一种若有似无的挑逗，当试图分辨抓住这气味时，它却消失不见；当几乎遗忘了时，它又向你袭来。

露丝打开了左边房间的灯："这是哈里先生的书房和图书馆，你还记得吗？"他注意到她的目光落在墙上镶嵌着的一块金属匾牌上，然后又尴尬地移开了目光。他知道她在想什么——这就是墙上的保险柜，原本他一直从那里头偷钱来着。

她关上灯，他们横着穿过大厅，她说："客厅，和你以前在这里住的时候一样。"他们走进一间大屋子，她问："他就住在这儿，你要见见他吗？"她打开灯，老人正躺在一张又宽又大的床上，他看起来尤为干瘦，像是一个瘫软的布娃娃，几乎淹没在整张大床中。他双眼紧闭，睡着时的脸色看起来比醒着时要好一些。至少他还能有自然的睡颜，而不是面具般的表情。合上了的轮椅就停在床边。

“和你以前住在这里的时候不一样，现在晚上他睡在这间特别的客房里。轮椅太重了，我没法每天将它搬上搬下两次。”

“你照顾他睡觉？你怎么帮他脱衣服呢？”

“呃……我不给他换衣服，我知道这不好。我把他抱出轮椅，抱到床上，他不重。我们让他睡在这种绒布的袋子里，就像是一个睡袋。白天，我给他套上睡袍。比尔先生每隔两三天给他换一次贴身的衣物，尽管我常常需要提醒他。当你完全无法自理，必须依赖他人时，一切都会变得残酷。”

她关上电灯开关，汤森随之转身离开，那一刻，他看见老人原本平静合上的双眼仿佛微微睁开，正直勾勾地盯着他们，但随后袭来的黑暗令汤森无法看个仔细。

他们走到房间外面、他在楼梯口犹疑地停了下来。她恳求道：“不要上去，丹。如果他们碰巧回来撞见你的话，你就再也没有机会逃走了。楼上只有卧室而已，什么都没有。”

“那是什么？我好像听到有人在上面走来走去。”

“是阿黛尔小姐，你知道的，她……”她伸出一根手指，在额头那里绕着小小的圈子，“她从不睡觉，总是躲在门后偷听，尽管也没什么可听的。我不懂他们为什么让她留在房子里，而不是将她送到外面疗养机构里去。每次我去送饭，她总是躲起来，直到我离开才出现。我从来没到里屋里去过，和哈利先生以前一样，比尔先生总是随身携带着通往他自己房间的钥匙，别人都没有钥匙。”

“她有接受过检查吗？有没有外面的人来替她看病？不然他们怎么知道她是不是真的……”

“他们说几年前有医生来看过，但现在，他们说那已经不管用了。”

“‘他们说’，”他简短地重复道，“所有的人都该知道，他们这样根本就是慢性谋杀，而他们根本就是逍遥法外。”

“我曾经想过也许杀人的是她，在我的心里，我想相信你并没有做那可怕的事。除了你和可怜的老人，她是当时唯一在这屋子里的人了，可是……”她沮丧地垂下了胳膊，“当他们回来的时候，她房间的钥匙仍然在哈利先生的尸体上，而通往她房间的门是从外面锁上的。”

他们走过楼梯旁的一扇门，来到厨房，玻璃穹顶下面的那碗蜡质水果，也许已经有上百年的历史了。那后面是关着的双扇门。

他注意到她似乎很焦虑，急着离开这里：“好了，丹尼，现在你什么都看过了。”

他向着那双扇门走去。

“你想去哪儿？”她低声地问，试着拽住他的胳膊，“那里有什么值得看的呢？”

他已经走到了门口，那里有一盏灯。他漫不经心地答道：“看一眼也没什么害处。”

她不情愿地跟在他身后走进房间。玻璃门内侧挡着深蓝色的百叶窗，天花板上也装了一块，就像是遮阳篷，可以用垂下的拉绳调节。百叶窗上满是修修补补的痕迹，破了一块菱形的缺口还没来得及补上。

房间的地板上铺满了老式马赛克，满是灰尘。屋子里有两把柳条扶手椅和一张柳条沙发。房间的一头有一张长而低矮的桌子，那上面以前显然放满了盆栽和鲜花。整个房间看起来斑驳残破，只有零星几株绿色的植物依然挂在吊架的花盆里，仿佛鬼火般飘荡着。

“这就是他当时坐着的地方？”

她的脸皱成一团：“丹！别这么说话！你又不是不知道！”她试图掩上耳朵，但他将她的手拉了下来。

“别看了！我们走吧！”

“哦。我以为这只是铁锈的痕迹，钉子什么的……”

“他们早就该把它扔了！我不知道他们为什么还留着它！”她的怒气忽然爆发了，但接着，她又轻声地接着说道，“那之后就再也没有人来过这里。这是那天之后我第一次走进这里。”

当他们走出门外的时候，他苦涩地喃喃道：“我也是第一次。”

她重新合上挂着蓝色百叶窗的玻璃门，那门发出吱吱呀呀的响声，连续两次合上后又开了，她不得不用力将门关上。

他站在那里，陷入了沉思。她走到他身边，将头埋在他的胸前：“丹尼，丹尼，你为什么那么做？当你从保险柜里偷钱的时候，你一定是疯了。为什么你的手里会拿着枪？如果我们能让那个下午发生的事情消失重来该多好？我爱你，我依然爱你，但现在我们却不能在一起。”

他只能看着她陷入哀伤中，却无言以对，他想不出可以安慰她的话。她抬起头来，说：“丹尼，好了，你最好现在就离开这里，你待得够久了。”

他们再次穿过楼梯，走过大厅。他点着一支烟，稍稍落后了一些。她走在他前面，将前门稍稍打开了一条缝。然而，意外发生了，一团巨大的金色光晕照在她身上，仿佛日出般，刹车声穿过光晕传了过来。车门合上的同时，她关上了大门。她气喘吁吁、惊慌失措地跑到他面前：“我警告过你！是他们的车！他们回来了！”

她推着他走到楼梯的另一侧，穿过一片漆黑的餐厅。“后面！后门！从厨房的后门走！”然后，她忽然一动不动地站在那里——就在大厅的尽头，因为大厅的另一头，一把钥匙已经在门锁中转动了。

大门打开之前，他只来得及走了几步，桌沿撞到了他的腰，他不得不停了下来。他沿着桌子绕了几步，然后，他发现了一扇门，他打开门走了进去。他猜想，那里面应该就是厨房。他身边一人高的架子因为他的撞击晃动着，架子上的玻璃和瓷器也发出乒乒乓乓的响声。

他又往后退了几步，这次没有撞到别的东西，但没走几步，他的后腰又撞在了桌沿上。他蹲下身，抓着桌子的边缘，一动不动。他被困在了这里，这间漆黑的、不知是哪里的屋子里。他不敢再动了，生怕再撞上什么东西暴露自己。

外面，一个刺耳的女低音问：“刚才是你打开门吗？”

露丝肯定点了点头，他没听见她出声回答。“你为什么把门打开呢？看来我不用到处找钥匙了！你为什么这么古古怪怪的？”

露丝说：“我想我一定是睡着了，艾玛小姐。有一瞬间，车灯让我的眼睛发花了。你知道的，当你刚睡醒的时候那种迷迷糊糊的感觉。”

“我们要让你戴上墨镜了。”那声音毫不客气地说道。

汽车的响声移到了车库，然后停了下来，车库门叮当作响地被关上了。

那刺耳的女低音在此响起，听起来离得更近了，她一定是走到了大厅的后方。昏暗的灯光透过打开的餐厅门，留下了一个模糊的影子。“电影糟透了，我们在旁边的小酒馆喝了几瓶啤酒。”她走得有些摇摇晃晃。他听到她上楼梯的时候踩空了一步，她一定喝了不少。他听到她喃喃地自言自语：“硬面包和啤酒！啤酒和硬面包！鳕鱼和好几千块钱的小猫咪！当我在上海自由自在的时候，我的日子过得更好！”卧室的门砰地一声合上了。

也许今晚他们能平安度过，她有些神志不清。但明天早上她会不会想起露丝等她回家时的失误而产生怀疑呢？

大门再次合上，门闩被锁上。又有一个人走了进来，与前面那个相比，他的心情似乎不那么好，汤森听见他咕哝着：“又回到这个家里了。早上记得准点叫我起来，给奶牛挤奶。”

汤森听到一段短暂的扭打声，然后是露丝的尖叫：“够了！”然后，一个低沉的笑声随着沉重的脚步声走上楼梯。

汤森直起身来，绕过桌子走了出来。当她走过厨房时，他们迎面相遇。她看起来像是以为他早就离开了：“丹尼！怎么回事？你怎么还没有走！如果他们中的任何一个过来找水喝的话，就会撞见你！他们每次出去喝酒，回来后都一定会找水喝，这几乎都是规律了。幸好今晚没有。”

“我找不到出去的路，黑暗令我搞得一团糟。”

“从这边走。你到底怎么了！”她催促着他离开，带他走到一扇之前他没有看见的半透明玻璃门前，“请快点离开这里，丹尼。这一个晚上你冒的险已经够多了！”

当他走进屋外的黑暗中时，她跟在他身后低声责备了一句：“我简直搞不懂，你怎么会糊里糊涂地完全找不到路。”

当他走出了一段路之后，才在心里默默地答道：“因为我以前从来没来过这里。”

第二十章

在小径的转弯处，一棵树倒了下来。他们将那里作为安全区的界限，约定他不能冒险越过那里。他们也称之为“会面处”，他常常会走到那里，等待她沿着小径走过来。

通常，她沿着一条光影斑驳的小道走来。前一分钟，明亮的黄色光斑透过树叶洒在她的身上，后一秒，冰冷的蓝色阴影落在她身上。有时，他会心情愉悦地看着她缓缓地通过这条隧道。不管是在前面坐在轮椅上的老人还是随后而至的她，阴影和阳光从来不会同时落在他们两人身上，总是交错而至。

她隔着很远的距离就能看见他，因为他并没打算藏起身，就这么站在空旷的地方。而每次，她都会做出那么一系列动作：先是向身后望去，确定并没有人跟着她或是正从远处向此走来；而后，在头顶挥手向他致意两三次，仿佛她挥舞的手能传递一种温柔的致意，仿佛隔空的飞吻。最后，他三步并做两步地向她走去，而她总是摇头阻止他，并在相遇时训斥他。

“我告诉你别这么做！你已经走出来太远了！这对你而言已经

够远了！也许某一天，我们都没注意的时候，会有人四处游荡正好跑到这里，这迟早有一天会发生的！”

但他没时间担心这些，此时此刻他正满怀心事。

他先仔细查看了看老人，他依然对着他眨眼睛。他对她说：“他又对我眨眼睛。”语调里有一丝安慰。

“回到屋子里后，他可没对任何人这么做过。自从你第一次提醒我注意之后，我一直在仔细观察他。”

“你没对任何人说起这事，对吗？”

“当然不会！你怎么会这么问！”

当他们到达了小木屋的门口时，他问：“我让你给我带的那些东西呢？”

“今天上午我去了镇上，把买到的东西都放在椅子下面了。”她将东西递给他，“这是本子、铅笔，还有可以放在口袋里的备忘录，是你想要的那种吗？我很认真地看过，这备忘录的前几页印了些信息：四十八个州的名字、月亮和潮汐、生辰石、还有防暑和蛇咬的小贴士……”

“好了，这些都不是我要的东西，”他草草地翻了翻，说，“这个，就是这个。现在我要带他到屋子里去，等我办好事就叫你进来。在那之前，请你帮我在小路上望风。”

她露出失望的神情。如果一个年轻有活力的女孩会嫉妒一个七十岁、从头到脚都瘫痪的老人是一件合情合理的事，那她差不多的确露出那种失望的表情了。“可是你打算做什么呢？你还没有告诉我呢。”

“我想试一下。如果成功了，我再告诉你一切。但如果不成功也没关系，你就不用费神担心了。”

他推着轮椅进了屋子。从那一刻起，小木屋里再也没有传出过任何声音。怎么会有声音呢？无论他打算以任何方式和老人沟通，毫无疑问，都一定会是一种无声的方式。

大约一个半小时之后，她走进了小木屋里，疑惑地站在旁边，看着他们俩一小会儿。汤森将老人的椅子转了过来，屋外的光线落在他的脸上。他将她买来的速记本搁在膝盖上，聚精会神地看着对面的老人，迅速地在本子上记录着什么，当他写到本子底部的时候，就快速地翻过一页。

“你在干什么？你把他的眨眼都记了下来？”她大声地问，“原理是什么？你发现什么了吗？”

“我不知道。我只是尽力把这些都记下来。”

“但你是怎么做的呢？他每次眨眼看起来都一样，不是？”

“这正是我想弄清楚的事情。如果他每次眨眼都是一样的，那我就是在浪费时间。但他一直不停地冲着我眨眼睛，每当他来到这里的时候，我想那里面一定隐藏这什么特别的信息。今晚，当我一个人的时候，我会努力弄清楚这一切……”

“丹，我得带他走了，我已经待得够久了，午饭的时间已经过了，我们已经迟归了太久了。我不想让他们起疑。他们会怀疑我为什么在外面待这么久。”

他站起身来，转过轮椅面向着她：“你试试今天下午再带他过来。”

“但是，即便你从他眨眼的动作中得到了某些信息，你打算怎么办呢？”

"也许这里头根本没什么隐藏信息，"他说，"但如果他确实想要告诉我什么，我就必须弄个明白。"

"别再向前走了，他们可能会出来找我，我已经迟归了三十分钟了。等等，我有办法了。"她将她便宜的手表调了一下，"我的表慢了半个小时。"她快速地亲吻了他的嘴唇，抓过轮椅的扶手，说，"坐好了，埃米尔先生！恐怕回去的路上会有点颠。"

汤森站在树下，看着她沿着林荫路走远。太阳的光斑和阴影并没有交错落在她身上，她跑得那么快，以至于光影在她身上留下了一条连续的、模糊的线条，仿佛条纹状的老虎斑纹。

忽然，小道的尽头空空如也，她走了。

那天下午她又来了，比她通常出现的时间晚了许多，以至于他都以为她不会出现了。一看到她，他就知道她被吓坏了，有什么事令她非常惊慌。他走出去迎向她。

"怎么了？发生什么事了？"

"我不喜欢她的反应。她一定发现了什么，我发誓，她一定知道了什么！"

"为什么，她说了什么？"

"不，她没有，但现在我已经很了解她了，如果她发现了，她什么也不会说。她自有一套自己的做法，所有的迹象都瞒不过她的眼睛。她也绝对不会出言警告。如果不是听到她房间的浴室传来水声，我根本不敢到这里来——我知道，离她敷上最后一层面膜的时刻还有至少两个小时。我们必须采取行动，丹尼，你最好离开这里，直到……"

"好吧，你为什么觉得她起了疑心？"

“我把老人带到餐桌上的时候，她已经在用甜品了。我告诉她我的手表走慢了，可她什么也没说。然后她起身离开餐厅，半路上，她在他的轮椅面前停了下来，拿起那本我这几天假装在念给埃米尔先生听的那本书。那完全是个掩护，我一直都没时间真的念给他听。我特别选了一本很厚的书，《战争与和平》，这样我每天带老人出门花上那么久的时间就能说得通了。然后，她打开书看了一眼，然后说：‘你念书念得真慢啊，露丝。你可真是个字斟句酌的读书人。’她盯着我的眼睛，那眼神就像两把锋利的匕首向我扎来，‘也许，你是反着念书给他听的。’然后，她走出了房间。后来我才有时间打开那本书，某一页上有一个小小的口红印子，那么小，几乎不容易发现。这是她惯常的手段，一定是几天之前她就在那一页上做了标记，而我就像个傻子一样，这么多天了，那个印子还在那里。”

他慢慢地说：“这可不妙。”

“我们接下来该怎么办，丹？我想我们没有多少时间了。我很怕她，而且就要开始下雨了，我不能再带他出来这里了。”

“好吧，我会加快速度，看看今天下午我能不能就把一切都弄清楚。”

他几乎还没来得及拿出笔记本和铅笔，正盯着老人的脸看，她忽然冲了进来，语无伦次地说：“噢，天呐，丹尼，她正朝这里走过来！把他交给我，快！”她几乎推倒了轮椅，倒退着将轮椅转了过来。他跟在后面。她说：“不！你来不及出去了，她会看见你在树林里。”

他将散落的纸页全部扫进怀里，揣进大衣里，扣上了扣子，看起来就像是胸口鼓起了一块。通往阁楼的梯子被挪走了，他无法去到二楼。他走到门背后，那门正敞开着，向内打开，他躲到了门后面。露丝刚刚打开书，并做出开始念书的样子，那不速之客就已经来到了跟前。

只有女性才能如此精确地发出即兴而随意的声音："哦？艾玛小姐，是你，"露丝说道，故意讲给她的病人听，"你到这里来找我们吗？"

短暂的沉默之后，一个熟悉的沙哑女声在露丝身旁响起："嗯，你在这里做什么？"

"哦，几周前，我很偶然地发现了这个地方，"露丝答道，紧张地解释，"你还记得前几天下过的大雨吗？那天我推着轮椅走得离房子太远了，为了躲雨，我就跑到了这附近，这里的树荫比较茂密，然后我就发现了这个地方。之后，我就常常带他来这里。"她有些笨拙地补充道。

"近来没有下过雨，"对方冷冰冰地说，"不是吗？"

他听到露丝僵硬地笑了一下，仿佛平静但迟钝地没有听出她话里质问的意思。她没有别的办法，"有时候天太热了，我就把他推到这里，这样他也不会被晒得太厉害。"

"外头的树荫很茂密。"另一个声音等了一会儿接着说，"这是什么？"这显然是一种逗弄，为了测试露丝的反应，而这一招对那个姑娘确实奏效了。

他听到书本掉在地上发出的闷响，露丝的声音瞬间变得尖锐刺耳，她无法掩饰自己了："噢，那里面没什么可看的……"

地板微微作响，一步一步地，有人走了进来。而后，她停在了原地。她在寻找答案，但她也知道并不用走到屋子深处。

露丝仍在她背后对她说话，试图误导她的对手，令她忽视那呼之欲出的答案："我买了些小零食放在这里，有时我也从储藏室里拿一些过来。"她试图笑着自嘲，可听起来却那么无助，"我不知道为什么下午我总是会饿，也许我肚子里有绦虫。"

"我听说过这病，"那声音说，音调依然冷酷如初，"得了那种病，一个人能吃下两个人的饭量，对吗？"

她仍站在原地，仔细地打量着屋子里的一切。没有人会对着一个废弃的窝棚看上半天，除非她已经知道这里藏着什么秘密。

栀子花的气味透过门板之间的缝隙传来，门板压扁了他的鼻子，但他一动也不敢动。即便他想要稍稍避开一下这些压力，他也不敢随便移动。

他们离得这么近，几乎能听见彼此的呼吸声。她为什么站在那里这么久？她难道不打算稍微走动一下？也许她已经打算好什么都不再看了，那看来令一切变得更为危险。

她又开口了，冰冷的语调仿佛尖利的匕首："打理得挺温馨的。"

她抬起脚尖踢了踢什么东西，传来一声清脆的响声："你好像已经打算住在这里了。"

露丝的声音终于平静下来，但回答本身听来却很荒谬："把这么个老地方打理干净是一件有趣的事，你开始相信这里是属于你自己的……"

"就像玛丽·安托瓦内特在特里亚的农场①。"而后，那音调

① 玛丽·安托瓦内特，早年为奥地利女大公，后为法国王后，她的丈夫即路易十六，于法国大革命中被控叛国罪，被处死在断头台上。

里产生了一丝细微的变化，“我总是在想，她在那里到底遇到了谁?”

之后，两个女人都没有再说什么。

但她的呼吸声告诉他，她仍在那里，忽然，一个粉色的扇形出现在门框上，离他只有几毫米，她的五个手指向内蜷曲着抓着门，似乎在拖延时间。

那指甲就像是猩红色的黑曜石匕首，某个手指上戴着一只戒指。她的手离他那么近，以至于那戒指上中等大小的钻石在他眼前模糊成了核桃般的大小。

他不敢移动头部以远离她的手，那扇门后的空间如此狭小，他不可能在不被发现的情况下移动分毫。当她收回蜷曲的手指时，几乎擦过他的脸颊。

但她并没有碰到他，那一瞬间，他们之间相差不到一厘米。如果他没有刮胡子，她的手指可能已经碰到他脸上的胡渣了。

她看见了什么东西，注意力被吸引了过去。要是他能预见那是什么，他一定宁可她待在原地不动。

“这东西不是早该生锈了吗?”

一声轻响，她将什么东西扔在了地上。

那是他的剃须刀刀片，他将它放在一片纸上晾干。他在心里暗自骂道。

压力忽然间消失了，可怕的折磨就要结束了，他能感觉到自己的胃部向外吐出沉重的压力，而一丝汗水从他的鼻翼一侧滑过。

而她再次开口了:“我跟比尔说过，他应该弄个栅栏把这里围住，现在这个样子，谁都可以跑到这里，躲在附近。这让我很没有安全感，即便是在大白天。何况，那个男人还没有抓到。”

“哪个男人?”他听到露丝天真地问道。

她的回答充满了双重含义，甚至隐约带着一丝控诉的意味：“你知道我说的是谁。丹尼尔·尼林，那个杀了我丈夫的人。”

露丝没有做声。

“好吧，我现在要回去了。我只是好奇这里到底有什么吸引着你每天跑来。我不止一次地注意到父亲的轮椅印出现在这个方向。我想，你还要在这儿待上一会吧，亲爱的?”当她吐出最后三个字的时候，语调里隐约有些恶意的嘲弄，仿佛一双会勒死人的双手。

露丝将她精彩的表演坚持到了最后，她跳起来将轮椅的脚踏板折叠起来：“不，等等我，艾玛小姐！你吓坏我了，我一分钟也不想待在这里了!”轮椅的车轮在小道上发出了沙沙的声响，那节奏越来越快。

最后，他听到低沉的女声从稍远处传来：“你的手冷得要命，也许是被什么东西吓到了。”她一定找到了什么借口，碰触了她的手。

汤森从藏身之处出来的时候，浑身都湿透了，就像是一条连续被三个人用过的浴巾。要么，她比她看上去要笨得多，尽管他完全不这么认为；要么，她就是已经猜到有人正躲在这附近，虽然她可能并不一定知道，就在刚才，那个人就藏身在这里。

他将怀里的纸页丢在地上，用罐头的锯齿盖撬地板。

当天色完全暗下来之后，他才回窝棚找食物。他一整天都待在外面的林子里，藏身在林中，现在他的头顶上不再有片砖片瓦，但他宁可小心一些，担心她离开后可能又会带着什么人回来突袭。

这个明朗温暖的夜晚里，他打算睡觉了，反正窝棚的地板和林地也没什么大区别。但首先他得找些东西填饱肚子，祛除身上的寒意。

在他靠近窝棚的过程中，他表现出远胜印第安战士的技巧。他从屋子的后方慢慢地接近，在一颗树的阴影下，他一动不动地蜷缩了很久，仔细地倾听从窝棚那里传来的声响。直到确认如果有人在那里伏击，他们不可能那么长时间一动不动之后，他才放心地快步接近了后墙。在屋子后侧的转角处，他又蹑手蹑脚地弯腰潜伏了很久，尽可能将身影藏在黑暗中。当靠近屋子外面的转角处时，他再次停下脚步屏息聆听。他面前的小路上一片寂静，那房子里空无一人。

他再次行动起来，快速冲到房门口。屋子的门开着，但他记得离开的时候将那门关上了。这让他有些担忧，也许是风把门吹开的。

他看到白色的方形物在门下。即便在黑暗中，他也依稀能看到那上面写着字。他把那纸片拿了过来，上面顶着一个金属别针。

他关上门，点燃一根火柴，小心地用大衣遮蔽着火光。他面前的纸片变得清晰可见，上面写着：

丹，我发现了一些非常重要的事，你必须过来亲眼看看。九点，到房子里来，我会留着门让你进来。他们不会在家，他们要进城去，所以你不用担心。

露丝

他仔细地研究着面前的便条，考虑到文字的篇幅，他花费的时间有些长。

在此之前，他只拿到过一张她写的字条，就是在提拉瑞街上她留给他的那张。他开始翻找是否还带着那张字条，找到了，就在他裤子后面的口袋里，那上面还粘着羊毛织物的碎片。真好笑，他竟然一直保存着这字条。也许，不是好笑，而是他的运气。他竟保留着这张字条。

他用拇指将两张字条放在一起，并列审视。然后，他拿出另一根火柴，凑到了两张纸条前。

火柴在他的手中熄灭了。他将字条放回到口袋里。

九点之前，他还有事要做。

第二十一章

天空中有一轮模糊的月亮，银灰色的月光洒落在屋顶。他从树丛中走了出来，站在房子的对面，一动不动地看着那栋屋子。那里并没有什么值得注目的东西，与其说他是看着那栋屋子，不如说他是在静静地思考。他即将迈向自己故事的结局。他没有机会第二次犯错，此时此刻，就是他唯一一次犯错的机会。

无论最终结局如何，今晚，此时此刻此地，一切都将在此了结。

他觉得自己就像一个即将走进行刑室的人。他想起了维吉尼亚那张像布娃娃般活泼开朗的脸。他想起了丹尼尔·尼林的心上人露丝。他想起了自己奇特的人生故事，他的故事。一开始是波澜不惊、平静的二十五年，然后是神秘消失的三年，直至今天，在露丝的帮助下，他甚至仍未能窥见这段失落的记忆的全貌。而将这二者连接在一起的，就是那段凄惨的逃亡生活。今晚，无论是一切的结束还是全新的开始，都将意味着他第四段人生的开启。三十年间，他将拥有四种不同的人生故事。无论如何，他再也不是一个普通人了。

屋子就在那里静候着他，在草坪的暗处。整栋屋子漆黑一片，看起来沉重晦涩，仿佛里面空无一人。

九点了。

他开始往前走，穿过封闭的草坪，赶赴约会。短短的草叶在他的脚下发出嘶嘶的响声，他向着月亮的方向前行，黑色的影子像流淌的水流般摇摆不定地紧随在他身后。

跨过两级低矮的石板台阶，他站在了高大神秘的屋子门口。他的影子，也像是一个灰色的纸板人，立在他的身旁。他的过去与未来，都在这扇门的背后，等候着他。

他握住了门把手，那是一种神秘莫测的冰冷触感。他对自己说：就是这里，我来了。他腰上的皮带向内顶着他的肚子，随着他的呼吸起伏轻触着他的腹部。他转动手腕，房门在他的面前打开了。就像字条上所说的那样，门闩并没有锁上，她为他留着门。

他随手关上了门。房间里一片漆黑，仿佛黑色的羽毛漂浮在他的四周，甚至隐约搔痒着他的鼻子。他伸手向左按下了电灯的开关，但什么都没有发生，电灯的灯泡一定是烧坏了，或者被人拿走了。

他徒劳地摸索着沿着漆黑的走廊向前走去，一片寂静中，所有的声响都被放大，接连按下开关的声音听起来仿佛是巨大的球体正沿着走廊滚动，发出隆隆的声响。当这声响一直持续到走廊的尽头时，他并未觉得惊讶。

他弯曲手臂，做出类似游泳的姿势，继续前行，以防自己撞上什么东西。前方依然是一片漆黑，甚至，他忽然感受到身侧漂浮着一个更为昏暗的影子，令他颈后的毛发都竖立了起来，然而过了一会儿，他意识到那是自己在镜子中的影子。当他停下来时，那影子也完全同步地静止不动。他想起来了，上次他来这里的时候，确实在这个位置看到过一面镜子。

他继续向前走，离镜子与镜子中的影子越来越远。他停在楼梯脚下，吹出一个简短的口哨——两个音符，一高一低。你常常会在街上听到这声音，意思就是：嘿，你在哪儿？

他重复了一遍口哨，这次有了回应。他听到楼上的大厅里传来了一阵小心翼翼的脚步声。那脚步非常柔软，每一下听起来都似有似无。当脚步声到达他头顶上方楼上那封闭的楼梯间里时，停了下来，好像有人正扶着墙，慢慢走入下方的阴影中。

“是我，露丝。”他压低了声音说。一个小心翼翼的回答模糊地传了过来：“嘘！我马上过来。”

脚步声走上楼梯分叉处左侧，停在那里。他只能看见一个模糊的轮廓在他上方的黑暗中，仿佛一个幽灵。他隐约可以辨认出熟悉的露丝制服上的围裙，看起来就像是隐隐发光的白色十字。

那幽灵沿着台阶向下向他走来，停在他上方大约四级台阶的地方。他看见一只白色的手臂向他伸了过来，近乎无声地低语道：“抓着我的手，我要你跟着我走。”

“等一下，我点根火柴……”

“不，不！把你的手给我，我来带路。”她坚持道。

她拒绝他的靠近，似乎执着于强势维持着两人之间的距离。她向他伸出的白皙的手固定着两人之间的距离。他伸出手，握住了她的手，感受到她细腻的肌肤。她的另一只手也伸了过来，扣住了他的手腕。

她开始领着他向前走，越来越快。忽然之间，栀子花香向他的大脑发出了警告，他猛地将手臂收缩，以突然的爆发力全力弯起双肘。但两个栏杆之间绑着的一条绳子拦在了他的膝盖下，他毫无防备地失去了平衡，向前倒去。他徒劳地挣扎着，面向下摔倒在地。从他的头顶上传来尖锐的叫声："他摔倒了！比尔！快制住他！"

有人从背后全力跳到他的身上，将正挣扎起身的他牢牢地按在地上。他依然满心困惑地挣扎着，试图挣脱被制住的双手。他挥舞着双手，未能挣脱，却成功地将她也拉倒在地，倒在他的身上。

"你抓住他了吗，比尔？快点！他快把我的手腕扭断了！"

第一次，他听到了那个男人的声音，气喘吁吁地从他身后传来，他甚至能感觉到对方的呼吸："把他的手给我！把他的双手弯过来放在一起，就像这样。"

那男人将膝盖抵在他的脖子后面，将他的脸死死地按在地上。他的脸颊按在两级台阶之间，几乎被按得向内凹陷了进去，而他的鼻子也被推挤地歪向一侧。他一刻不停地努力挣脱，但身上沉重的压力令一切都变成徒劳无功。

她将自己的双手交叉，保持抓住他手腕的方式，将他的两只手放到了一起。"这儿，他的手，快！"他感到类似皮革的东西绕过他的手腕，一开始只是紧紧地贴着他手腕，然后在两端分别旋转缠绕，直到残酷地牢牢地将他的手腕绑在了一起。他的双手挤压着彼此，隐隐作痛。

"过来，帮我按着他，只要一分钟。用你的脚踩着他，这样他就起不来了。我要站起来。"

他背后的沉重消失了，取而代之的是女式皮鞋尖锐而清晰的压力踩在他的脖子上，横跨过他脖子的后方，仿佛一对小小的圆锥。

此刻，当她不再刻意压低声音窃窃私语、也不在戏剧化地发出尖叫时，他认出了这个女人的声音。艾玛·戴德里奇低沉的女声，说："上帝！看看他把我的手弄成什么样了！我的手就像是被冻伤了一样刺痛！"

另外那人此刻已经站直了身体，站在汤森的上方，依然喘着粗气，说："瓶子在哪儿？"

"我把它放在第一个楼梯前了，我担心会打破它。"

"好吧，把它拿下来，有了它就省事了。"

那双脚离开了他的脖子，一双粗壮有力的双手继续制住他，将他抱住翻了个身仰卧。汤森交叉自己的双腿想要制止对方，但那男人站在他上方的两级台阶处，避开了他的脚。

"我透不过气了，"汤森倒吸了一口冷气，说，"让我把我的头扭过去一点。"

比尔·戴德里奇没有答话，只是调整了一下他脖子上的压力，变得更为均衡一些。

那女人沿着楼梯再次走了下来，伴随着某种液体在玻璃容器里晃动的声音。

她问："他们会发现你用了这东西吗？"

男人没有回答，他问："拉上窗帘了吗？好吧，我们就在楼梯这里动手吧，这能省去我们不少麻烦。拿着这个，我得点盏灯，看清楚好动手。”

接着，那男人坐了下来，整个人压在汤森的肩膀上，将汤森的脑袋固定在他强有力的大腿之间。一盏小灯被点亮了，照在汤森的脸上，长久的黑暗之后，那光亮令他晕眩。

汩汩的液体声再次响起，似乎从女人手里交到了男人手里。

那男人说：“把他的头抬起来，他伤害不了你，我已经用我的膝盖压住了他的胳膊。”

汤森的头忽然被向上抬起，从脖子那里弯成了一个尖锐的角度——她扯着他的头发抬起了他的头。

汤森用眼角余光能看见那点火焰，还有一个小东西，像是塞着木头塞的玻璃管。

液体的汩汩声更响了，就像有人倒转了那个容器。

恐惧令汤森全身的血液都凝结了，那种不知道将发生什么而感到的恐惧，那种想象而引发的恐惧。

一种甜腻的臭气漂浮在他脑袋上方，一张浸湿了的棉片从后面伸出捂住了他的鼻子和嘴巴。汤森无法呼吸，只能闻到浓烈的令人作呕的甜味。他左右挣扎，将鼻子从一边扭到另一边，但那只手总是牢牢地将棉片摁在他的脸上。片刻间，他依然可以透过棉片看见外面的一切，一双眼睛反射着火焰的光芒，审视着他。然而片刻之后，一切都变得渐渐模糊。

视线变暗之后，有那么一会儿，汤森依然能听到周围传来的声音。

“看他的眼睛，当剂量够了的时候告诉我……”

渐渐地，听觉也随之远去。

“差不多了，他的眼睛合上了。”

最后，所有的感觉都消失不见了。他感觉到自己的眼皮短暂地上抬了一下，然后又耷拉了下来，他完全无法控制自己。然后，所有的一切都消失了，听觉、视觉、触觉……仿佛他所有的一切都被遗留在了身下的地毯上。

大约一刻钟以后，他从麻醉状态中醒来，隐约觉得有些恶心，这让他想起多年前他切除阑尾手术的那次经验，然而，他知道，这一次，一切尚未开始。

他以倾斜的姿态瘫坐着，肩胛骨只比腰部高一点点的地方，感觉就像是一张软垫椅向外突出的部分。有一瞬间，他以为自己的双手已经被解开了，因为那火烧火燎的疼痛感消失了。但，当他试图分开双手时，束缚的力量瞬间就传了过来，这一次，仿佛是隔着一层厚厚的硬质皮革。他们大概给他戴上了驾驶用手套，这样，手腕被绑住的地方就不会留下痕迹了。由此他推断，也许他们并不打算以后让人发现时察觉到他曾经被捆着。

百叶窗的阴影落在地上，但窗格之间依然若影若现地露出了月亮的影子，月光洒在整个窗台上。一种厚重的织物包裹着他坐着的那张椅子，感觉就像是连着窗框的多股纽绳编制成的窗帘，厚重而无法挣脱。其中一个线圈就绕在他的下巴下，直接横过他的脖子。这缠绕的压力甚至令他有种被扼住喉咙的感觉。

一开始，他以为这房间里只有他一个人，但有几次，他依稀听到像是微弱的呼吸声。洒在窗台上的月光缓慢地移动着，月亮正在屋顶的天空中漫步，洒在对面墙壁缝隙处的阴影已经变短了，渐渐接近地板的底部。之前，他第一次注意到那阴影的时候，它离开地面大约半臂远。而几分钟之后，它已经落在了地面上，就在沙发下面，并沿着那里开始慢慢挪动。

黑暗的房间中，当他第一次看见那金属色的发丝仿佛一个压扁了的光环的时候，他就明白，露丝也在这里，和他在同一个房间里。她一定是一动也不动地待在那里，因为那闪金属光泽的金发完全没有移动过。

透过百叶窗的月光照亮她的眼睛之前，他就已经开始隔着黑暗对她说话了。他低声而急切地对她说："露丝!"她没有回答。她为什么一言不发？他们到底对她做了什么？他别无他法，只能等待着月光照亮她眼睛。

终于，他看清了她的眼睛。她清澈的双眼紧紧地盯着她，满是无奈。她一定很难受。他想知道他们为什么没有制止他发出声音。也许是因为女人比男人更容易尖叫。

在这样一个危机四伏的时刻，似乎很难进行什么交谈，此时此刻，语言显得苍白无力。他不知道该说什么，只能说："嗨，露丝。"而后，他拼命地在脑海中组织词句，想要安慰她。但他的脑海中一片空白。有好几次，月光徘徊在她双眼上的那段时间里，他强迫自己对她说话，诸如："没事的，一切都会过去的，一定会有奇迹的。"而另一次，则完全辞不达意地说："我的脚都麻了，你呢?"他只想让她的注意力从近在咫尺的危险中转移，哪怕只是一小会儿。

可悲的是，她仰头对着夜空中的月光，而百叶窗的阴影正渐渐爬下她的脸颊。看起来像是溺水的人的脸，随之而来的绝望也那么相似。她扭动着身体，试图低下头，但那月光照亮她眼睛的瞬间只不过多延迟了十秒。然后，他们之间唯一的沟通渠道就这么关闭了。她无法越过阴影，她的眼睛完全隐入了黑暗中，月光照亮了她的嘴唇。

一片寂静中，楼上的某个地方，一扇门打开了。他全身的肌肤都因紧张而刺痛。“稳住，稳住。”他含混不清地安慰着对面的她。

男人的脚步声走下了楼，停在了这间房门外。门打开了，他按下了一个开关，房间里瞬间充满了刺目的亮光。当汤森的视力恢复正常的时候，他看到自己正面对着比尔·戴德里奇。他正一动不动地站在敞开的门口。

他是个敦实的小个子，有着一种浅发色的人通常具有的精力充沛的模样。他的头发是浅黄的稻草色，带着一些让人不悦的杂乱层次。他看上去像是个好人，就像是另一个人。他穿着紫红色的浴袍和蓝色的丝质睡裤。汤森知道他绝对不是打算去睡觉或是洗澡。这衣服不过是他精心策划的一场戏剧中的道具。他脱了所有的外衣来进行谋杀。至于理由，只有他自己知道。

他带着一把枪，随心所欲地拿在手中，枪口指着地面。

他冲汤森笑了笑。

而后，他转过头，不耐烦地嚷嚷道：“艾玛，你好了吗？快点，我想快点了结这一切。”他穿过房间，小心翼翼地放下百叶窗，地上月光的阴影随之消失不见了。然后，他又回到了房门口。

另一个脚步声下了楼，那女人与他一起站在房门口。若有似无的栀子花香也跟着她飘了过来。她的脸色有些苍白，也许是因为紧张，但她的脸上看不出一丝一毫的犹豫。汤森没有浪费太多时间去看她，他盯着眼前的男人。

戴德里奇不耐烦地指了指她的头发：“你的头发看起来像是刚从美容院里出来！你就不能弄得稍微真实一点吗？还有这大衣和帽子是怎么回事？”

“你这个白痴，我要出门去找警察！电话线被切断了，还能有什么别的办法吗？”

“没错，但不用打扮得这么神采奕奕。我们睡在床上的时候这家伙想要杀我们，当你从家里逃命出来去找警察的时候，你可没时间穿上大衣戴上帽子！”他努力控制着他的怒气。

“你想我怎么做？光着身子开车到村子里？”

“穿上睡衣，披上件长袍，和我一样。你回来的时候带把刀来。你走之前，我还要你帮个忙。”

他们就这样就事论事地商量着，好像他们在讨论穿什么衣服去看戏一样。好吧，事实上也差不多。

所以，这就是他们的计划了，将谋杀伪装成自卫。法律会站在他们那一边的，他是一名被通缉的杀人犯，不会有人刨根究底的。露丝也会跟他一同死去，为了封住她的嘴。

她回来的时候穿着合适的便装，带着他要的长刃刀。

“你要这个干吗？”汤森听出她声音里的紧张，她并不介意他杀人，但显然，她并不希望这一切在她的眼前发生。

“因为这家伙先伤着了我，所以我才打倒了他。我不能看起来这个样子，一点没受伤。你得把我割伤。”

她倒抽了一口冷气：“看在上帝的份上……”

“别废话！我们可没时间浪费。又不是要割伤你，干嘛大惊小怪？不要割得太深，小心点。”

他紧张地向前探出前臂，就像是等待量血压。“这里划一刀，手臂的背面，不是内侧。这很简单，快点，就现在。”

他们就站在门口动手了。她背过了身，挡住了汤森的视线，但越过她的肩膀，他能清楚地看见比尔全神贯注的表情。他的脸微微抽搐了一下。

“不要闭上你的眼睛，”他冷冷地命令道，“你会失手的。现在，在我胸口划一刀。”

她的手肘微微向后移动了一下。

“呼！”他因为疼痛而倒吸了一口冷气。

“现在在我的额头上划个小口子。小心点，别太深，我可不想缝针。”

这次汤森能看见刀刃的移动了，它沿着一根无形的线移动着，瞬间，那刀痕上涌出了血液，变成了红色。她往后退了一步：“快点，我们的时间不多了。”

他举起手臂，吹了吹被她割伤的那一面：“好吧，我们去取车。”

他们就这么冷血地讨论着这一切，这种平淡的就事论事的语气令汤森毛骨悚然。如果他们压低声音小声交谈，如果他们眼神闪烁，如果他们偷偷瞥他们一眼，那么汤森的恐惧也许不会如此强烈。但他们谈起这一切时，就好像她是要去杂货店买点东西，而他答应在她不在的时候要修好家里的什么电器似的。人们谈论捕鼠的时候，语气都要比他们更为严肃沉重一些。

他们转身一起走向大厅，在前门短暂停留了一下。那一刻，也许是为了更周全，他又交代了她一遍，以确保她把一切都记得清清楚楚。

“现在是九点二十分，即便你只开时速六十码，来回也只需要三十分钟。记得，无论如何不要太早把他们带回来！我能指望你的，对么？我需要至少半个小时，好把窗帘放好以及处理掉其他东西。如果你发现你到警察局的时候时间还太早，就装作被吓得晕晕乎乎的，再拖延上五分钟。但是，记得，要在你告诉他们发生了什么之前表演晕倒，一旦你告诉了他们事情的始末，他们就会立刻出发到这里来，你就再也无法控制了。这一段高速公路上，车可以开得很快。记住，三十分钟。来，拿好车库的钥匙。”

前门打开了，汤森听见她临别所说的话：“比尔，我们以后还能安心入睡吗?”

他听到了一个亲吻的声音，接着是比尔的回答：“从现在开始，每天晚上我都会醒着。这一次事件，算在我的头上。而你，有足够的钱可以买个好觉。”

是爱情，原来如此——他们要除掉哈利·戴德里奇，并不仅仅是因为钱。

门又合上了。他并没有马上返回。他一定是在那里待了一会儿，目送她离开。汤森能听见汽车发动机在车库里发出的空洞的响声，以及，车子开出车库来回倒车之后，终于开上公路的轰鸣声。

她走了，为了还未发生的一切去求救——将凶手和他的猎物单独留在了一起。

他从大厅走回来，但他的目的地并不是这间房间、这件行刑室。他在过道里停了下来，拿起了刀，又走出去上了楼。

他一直保持着安静，一些轻微的动静几乎就是汤森能听到的全部动静了。谋杀并不需要制造大量的噪音。他听见楼上的某间房门口有钥匙在锁孔里摩擦，也许他多少也还是有些紧张的，又或者是那把钥匙不常使用，因而变得很不称手。

阿黛尔，他们所说的那个疯姑娘，她被锁在房里已经有好几年了。就像他刚才说的，她等于金钱。不管疯不疯，这位艾迪①，都一定是遗产受益人。而现在，她的亲哥哥，正站在门口，一手拿着钥匙，一手拿着刀藏在背后。

最后，钥匙终于找到了合适的角度和深度。汤森听到房门从门框中弹开的响声，之后是戴德里奇的声音，他站在门口，虚伪而友善地问候道："艾迪，你还醒着？我以为你早就上床睡觉了。厨师想问你，明天想吃什么甜品……"房门又关上了，切断了所有的动静。

有那么一刻，四周一片寂静。那大约就是一个人穿过房间的时间。汤森紧张地坐在椅子上，因为紧张而张大了嘴。他能感觉到，对面的沙发中，露丝肿胀的双眼正目光灼灼地盯着他看。他没法应对她。他不得不忽视这无声的请求。此时此刻，面对面地聆听着即将发生的一切时，交谈似乎显得太过多余。

忽然，一种动物般尖锐的尖叫传来，那是一种仿佛屠宰场般的声音。就如那尖叫突然出现一样，猛然之间，那声音又毫无征

---

① 阿黛尔的昵称。

兆地停止了，只剩下轻微、若有似无的呻吟声。最后，一切归于静谧。

他在楼上待了一会儿，然后，房门再次打开。汤森听到楼上有板凳或椅子倒下的声音，这绝对不是偶然的碰撞，那声音听起来既安静又富有含义。汤森心想，那也是可以布置的舞台道具，那椅子看起来一定就像是在近身搏斗中被推倒的样子。

他的脚步向楼下走来，最终停在了房门口。对汤森而言，这是一个可怕的时刻。他看见了一个刚杀过人的男子的脸，他毫无血色的脸看起来就像是一张破旧的羊皮纸，就像是那一刀不仅耗尽了别人全身的血液，也带走了他的血液。他脸上满是湿腻的汗水。他用舌尖舔了舔上唇上沾着的一点汗水。再一次，他回头看了看身后，尽管那里什么活物也没有——那里是残留的恐惧和敬畏，无论多么短暂，这两者总是伴随着死亡与暴力而来。

他手里依然拿着刀，四分之三的刀刃藏在破旧的红色皮套中。他站在那里，拿开了皮套。金属的刀刃在油腻腻的刀把的衬托下，再次闪烁着光芒。

他是刚刚从谋杀中赶来的杀手，依然杀气腾腾。他就是凶手，活灵活现地站在那里，代表着死亡。

从戴德里奇下楼出现在房门口开始，汤森就一直不发一言地紧抿着嘴唇。他知道，一切辩解、威胁和劝解都将是徒劳无功。对于面前这个男人的恐惧无法用语言来表述。

戴德里奇微微一笑，关上了门。他自言自语地喃喃道："这才是我所说的重头戏。"他几乎陷入忘我的境界，仿佛正在聆听什么唱片。"真可惜，面对这样一个世界却词穷，刚才，你刚刚说过……”他靠近了一些，那一刻，汤森差一点以为这就是结局了，但比尔只是用扁平的刀刃轻轻地拍打了他的脸颊，就像是有人要用冰冷的刀刃拍击肿块，好让它消失一样。他正将不属于汤森的犯罪痕迹涂抹在他的身上。

然后，他仔细地用纱布擦拭刚才留在刀柄上的痕迹。那把刀就那样被丢在地上，等待着汤森的手去握住刀柄——等他死了以后。

他拿起了枪，打开保险栓，确认枪已上膛，然后又关上了保险栓。他慢慢地向后退了几步，就像是正准备参与决斗的人一样。他将枪口直指着汤森，手毫不战抖，就像是在射击场上瞄准了纸片做的野鸭一样。

枪筒小小的黑色圆孔正对着汤森。那枪口似乎不断地扩大、扩大，仿佛正将周围的一切吸进其中，汤森觉得那枪口正将他的身体向前拽去，就像是一个真空的吸嘴。他几乎能够感觉到自己的身体正在向前、向枪口倾斜，以被绑着的状态竭尽可能地向前倾斜。

“你最好闭上眼睛，”戴德里奇冷酷地对他说，“那样会让你好受些。”

汤森头部靠近耳朵处的脉搏开始变得剧烈。他什么也没有说，尖锐地笑了起来。他一侧的嘴角向上扬起，努力让这笑容停留在脸上。

这是一种让对手不知所措的笑容，让对手困惑的笑容：他到底在笑什么？他到底知道些什么我不了解的事情？这种挑衅奏效了。

戴德里奇问："有什么可笑的？"

"你从没听过射击角度，是吗？"汤森舔了舔嘴唇，才能口齿清楚地继续道，"你向下对着我开火。我被绑在椅子上，就在你脚下，那看起来可不会像是自卫的样子。你觉得他们难道不会注意到这些吗？别自欺欺人了。"汤森勉强维持着嘴边的微笑，尽管那看起来有一点点僵硬。

枪口忽然垂了下去，径直对着地面。显然，汤森的说辞影响到了他。

他争取到了多少时间？一分钟？四十五秒？现在，时间至关重要。

戴德里奇单膝跪在地上，试图纠正开火角度的错误。但这个姿势并不可行，现在子弹穿行的轨迹将是微微向上抬起的，而基于两者之间的位置，正确的做法很难实施。戴德里奇必须弯曲膝盖，半蹲地对着汤森，那几乎是无法坚持的姿势，更别提开枪了。他甚至无法确定他能击中他的猎物。

最后，戴德里奇想到的方法近乎可笑，但对于双方形势而言，这一切并不具有任何幽默感——戴德里奇找了一张空椅子，放在被捆住的囚犯的对面，坐在椅子上，又一次举起了枪。

但他并没有开枪。现在，他开始变得疑神疑鬼。汤森灌输给他的质疑正在他的头脑中展现出后续的影响力。除了子弹的轨迹以外，他还有别的疏忽。当他们发现尸体的时候，如果子弹是以某种方式射入死者身体的，那么尸体最好是在正确的位置被发现的。

戴德里奇不愿意冒一星半点的风险，汤森赌对了。他想要一个完美无缺又快速的计划。他站起了身，不耐烦地走过房间，猛地打开了办公桌的抽屉。他把手枪放进了口袋里，拿出了纸笔。然后，他以手指着汤森和露丝，以及地板上的位置。他正在策划他希望他们的尸体被发现的位置，以及相应的，在死亡之前，他们应该身处的位置。汤森可以窥见，他正快速地在纸上涂涂写写。他快速地工作着，就像是一名舞台剧导演正在策划一场看起来是自卫杀人场景，合情合理的舞台布置。

有一次，他甚至以铅笔指着露丝，咕咕囔囔地说："你，在这儿。"

尽管并非故意，但即便是但丁地狱中最冷酷的恶魔，也无法复制他那一刻的残忍。露丝的身体几乎僵住了，汤森的发梢也滑过了一滴冷汗。

最后，他的蓝图终于绘制完成，他将那张纸放在办公桌的斜板外侧，以便随时参考。他快速地看了一眼自己的腕表，像是要确认一下他的同伙还能给他剩下多少时间。

他又一次环顾四周，确保一切都尽在掌握。目光所及的范围内，任何的细节他都已考虑在内了。当他和"凶手"搏斗逃命的时候，那把椅子刚好挡在了路上，绊了他一下——他跨过那把椅子，小心地没有改变它倒伏在地的样子。

他来回搓了搓手，促进血液的流动，就像是一个即将进行精密手术的外科医生。终于，他一切就绪了。

他向着露丝走了过去，面对着她弯下了身，在沙发的背后摸索着，寻找窗帘绳，那绳子卡在她的椅子与墙之间的间隙中，将她绑得牢牢的。

她的双眼从他的手臂下方露出，目光绕了一圈，然后，她的头往一侧一歪——露丝晕了过去。

戴德里奇几乎没有注意到这些，又或者，他根本毫不在意。他将她松开，用双手将她抱了起来，摇摇晃晃地走到了房间的中央。她的双手和脚踝分别都被绑住了，他让她保持着这个样子，将她放在地板上，动作轻柔地令人不禁毛骨悚然。

她一定是比他想象的要重一些，他在进行下一步之前，停了下来，咳了几下。他在她上方弯下腰，咳了一会儿，甚至不得不单膝跪下以保持自身的平衡。

最后，他终于平复了呼吸，停了下来。但接着，汤森也开始咳了起来。

这屋子里的空气有些不对劲。房间里的一切都不再是静止不动的，四周的一切仿佛都在微微颤动着。汤森的眼睛被灼痛，他反复地眨着眼，那疼痛几乎令他无法忍受，泪水涌进他的眼中，现在，他只能朦朦胧胧地看见戴德里奇，仿佛看着一面劣质的镜子，里面的人影忽高忽低，模糊不清。

汤森听见他向门口走去，依然不停地咳着。他在门口站了一会，仿佛在仔细聆听什么声音，远处传来木材弯曲爆裂的声音，仿佛正承受着什么巨大的重力。戴德里奇向声音传来的方向猛地探出身去，打开门想要看个究竟。

紧接着，仿佛一个巨大的橡皮擦过戴德里奇的身体，他几乎消失在汤森的视线中，消失在一片灰色的朦胧中。这一切发生得无声无息，因而平添了几分恐怖的意味。房间里猛然出现了肮脏、厚重的烟雾，之前被房门挡在了外面的烟雾，一定已经在大厅中聚集了许久，才会如此浓烈地瞬间充满了整个房间。浓雾无处不在，尽管雾气变得略微有些稀薄，但整个房间就仿佛是瞬间消逝了，一切都笼罩在昏暗的阴影中，仅有一丝微弱的光线穿过其中。

汤森几乎什么都看不见，但他隐隐约约地看见一个灰色的身影从门后出现，穿过房间。即便此时此刻，戴德里奇仍然没有放弃自己的计划，他竭尽全力地向这里走来。

他一定是绊到了露丝的脚，跌跌撞撞地踉跄了几步，然后整个向下倒去。他一直握在手中的枪也随之掉在汤森的脚边。汤森可以清清楚楚地看见掉在地上的枪，在灰蒙蒙的地板上，一个厚厚的黑色的 T 型物。而后，一只手出现在他的视线中，在地板上颤颤巍巍地摸索着，而在他看不见的地方，在灰色的烟雾后，依然传来戴德里奇咳嗽的声音，以及他灰棕色的头发和背部因咳嗽而发出的震动。

汤森努力试着接近那把枪，尽管它看起来离他还那么遥远。他试着用鞋子去勾那把枪，但好几次，他的脚尖在手枪上方的地方滑过，差了仅仅几英尺的距离。而那只手终于摸索到那把枪，迅速地将枪把攥在了手心里。

火红的光芒断断续续地闪现在他的眼前，就在地板的上方，房间里爆发出一下又一下尖锐的枪声，透过浓浓的烟雾向外扩散，渐渐飘远。

汤森知道，那个可怕的时刻终将到来。忽然，一张脸出现在汤森的上方，他已经无法站直身体，正跪着向他爬来。

他颤抖着伸出一只手指着他，那食指比正常人类的要粗厚得多——中间是手枪的枪筒。它从一边晃到另一边，两边都离他依然有大约一英尺远。那火红的亮光再次闪现，这次，就像是滚烫的沙子刮过他的脸颊，子弹擦着他的脸，射进了厚厚的椅背中。

但汤森对这一切已经一无所知了。子弹对他已经没有意义了，他的生命正在快速地流逝，每一次呼吸都比上一次更为灼痛。吸入的空气滚烫地穿过他的喉咙，到达肺部，然后又再次回涌上来，撕扯着他的气管。他的双眼已经什么都看不见了。他的泪水仿佛炙热的流沙，不断地涌出眼眶。

他前方不远处的地板上，发出了一声钝响。有人倒在了他的脚旁，脑袋砸在了他的脚上，然后倒在那里静止不动了。

最后，汤森听到了远处传来的声音，那是玻璃破碎发出的清脆响声。

第二十二章

氧气涌入气管的感觉很好。当供氧停下来的时候，汤森觉得很气愤。他们将盖在他脸上的面罩挪走了。他仰面躺在空旷的草地上，头顶上方是闪耀在夜空中的群星。远处的草地上，一道道惨白的光束正在交错摇晃，而他的四周，黑色的人影围绕着他围成了一个半圆。

其中一个身影对着他俯下身来，来自远处的灯光照亮了他的脸。

他盯着那张脸看了很久，而那个人也一直看着他。他一直认识这张脸，但他们从来没有像此刻这么接近过。这是一张高深莫测、肤色黝黑的印第安人的脸，仿佛从来不会笑。他曾经在人群中停下，盯着他看。他曾经在一个尘土飞扬的地铁站台上隔着车窗玻璃对他怒目而视。他曾经隔着药店的玻璃窗看见过这张脸。这张脸甚至曾经在白天的办公楼过道里转过头来，看着他。他甚至有一天闯入了他的梦境，化身成了一双紧紧跟随着他的皮鞋。而此时此刻，他就在这里，离他如此之近。最终，他追上了他。

他让他平躺在地上，让他躺在垫子上。

最后，汤森懒洋洋地开口，问道：“你是埃姆斯，对吗？”

“是我，”那张脸略带挑衅地说，“你是丹尼尔·尼林，对吗？”

“见鬼，”他说，“我是弗兰克·汤森。”

他们扶着他的手肘，帮他坐了起来。吸氧让他依然有些头晕，他听见自己对埃姆斯说：“你难道没有别的帽子可以戴吗？”

当他再次站起来的时候，他环顾四周，戴德里奇家的房子就在远处，探照灯的白色光束正在房子四周扫射。偶尔，微风带来了带着些微刺鼻气味的烟雾，草坪上满是人和各种器械——救生装置和灭火装置。许多汽车都开出了公路，四散停在草地上。有一辆后车厢完全打开的车正停在那里，带着一种奇特的不详感。几个人正将一块平板向着车里推去，那平板被覆盖着，在一侧有两个微微隆起的尖角，看起来就像是一双斜着的鞋子。一个戴着头盔的人从上方的车窗上扔了一件东西到地上。此时此刻，这个地方充满了生机与活力。

他们开始往那里走去，埃姆斯走在他的一侧，另一位副警官站在他的另一侧，扶着他。

自从汤森醒来，他一直在想这个问题：“那个女孩怎么样了？”他问，努力控制自己的声音尽可能的平静。

埃姆斯面无表情地摇了摇头。

“他击中她了，是吗？我在烟雾中听到了枪声。”

这次埃姆斯微微点了点头。汤森愤愤地咒骂了起来。

他身旁的副警简短地说：“别为了他费口舌了，他被熏烤得跟只老鼠差不多。”

汤森说："她是个好姑娘，如果没有她……"他的声音微弱了下去，三个男子都停了下来，沉默不语。

那群人刚好转过身，向迎面走来的他们示意。汤森可以清楚地看见那些平板，躺在他们的脚下，被牢牢地覆盖着。和刚才那台车一模一样的车正向这里开来，要运走这副担架。

汤森支支吾吾地问："这是谁，露丝？"

"不，我们已经把她送到镇上去了。这是救了你的那个人。"

"我听不懂，是谁？"

艾姆斯蹲下身来，掀开了遮盖着的篷布的边缘："这人为了你，牺牲了自己。"

"老先生！"汤森懊悔地说，"我把他给忘了。所以，他也死了……"

死亡仿佛抹去了他的残疾，他看上去和所有的死者一样。他们合上了双眼，脸上毫无表情，他看上去甚至有些心满意足的模样。

汤森低头不语。他不知道该说什么。

"你知道他的右手还略微有一些行动能力，对吗？"埃姆斯问。

"是的，我偶然发现了。前几天，露丝把他带去了我藏身的那件小屋。他的右手只是稍微能动，几乎不能用右手做什么。他只能稍微动一动手指，还有移动一下手肘，仅此而已。"

"这就够了，足够他弄到武器。"

"武器？"汤森转身看着警探。

"是的，他唯一可以使用的一种武器。一根普普通通的尖头厨房用火柴。不然你以为那些烟雾是从哪里来的？自燃吗？他一定是在厨房中触手可及的地方拿到了火柴，也许是某次他的轮椅刚好停在了放火柴盒的地方。他可能每次偷了一根、两根。天晓得他原本打算拿这个火柴干什么。”

汤森说：“他是个聪明人。”

埃姆斯耸了耸肩：“他将身下的坐垫扒开了一个洞，里面塞满了火柴。当我们刚才把他的轮椅搬到空地上的时候，才发现了一切。他几乎等于是在自杀，而且是用最痛苦的方法，仅仅是为了吸引高速公路上人们的注意力，为了救你。尽管不知道能有多大的机会，但那是他唯一能做的。而且，他这么做了。”

“他确实救了我，”汤森说，“连我自己递给你们的消息都不能及时把你们带到这里。戴德里奇仍然有足够的时间杀死我。是烟雾而不是你们警察阻止了他。事实上，他确实够时间对我开一枪，但当时他已经头昏脑涨所以没能瞄准，我猜那枪应该是打在了椅背上。”

“是你打电话来说，谋杀了哈利·戴德里奇的凶手会在今晚九点三刻的时候出现在这里？”

“是我，”汤森干巴巴地说，“如果你不信的话，是我要求和你本人通话，然后，你在过来接电话的时候绊倒了什么东西，隔着电话线我听到了那动静，你绊倒了一张椅子或是桌子。”

“那通电话果然是你打的。”埃姆斯承认道。

“我不得不跟你们说九点三刻。如果你们来得太早，那我就不是自投罗网地进入他们的陷阱，而是会直接被你们逮捕了。那么他们看起来就像是无辜的观众，刚好有一个杀人犯在他们家中被捕。如果我通知你们来得太晚，你瞧，你已经看到可能发生的一切了。这是一场赌博，我不能不去做，而且我赌错了。所幸，他有了一时的犹豫不决，最后我还是赢了。”

“你怎么知道他们设了陷阱给你？而且是在今晚的这个时间？”

“我收到了一张伪造的字条，他们假装是露丝写给我的。他们一定是几天之前就发现了我藏身在附近。他们不打算让我活着被逮捕，因为他们知道我并没有杀死哈利·戴德里奇，而是他们杀了他。所以他们将露丝抓了起来，然后设了一个圈套来抓我。我明知是个陷阱，但我还是来了——只能寄希望于你们，希望通知你们能给事情带来转机。”

“好吧，你的时机把握得可真不怎么样，”埃姆斯说，“我们在出发来这里的路上就遇到了她，就在斯特拉斯家附近。作为一个逃命来求助的人，她看到我们时似乎并不那么高兴。无论如何，她装腔作势地告诉了我们发生的一切，很是费了一番事儿。但她对于你们的死太确信了，那让我们生疑。她实在是太言之凿凿了。她甚至还对我们说，她问戴德里奇：‘你没事吧，比尔？’‘我杀了他们，艾玛，我把他们都是杀了，他们都死了，倒在地上，你最好快点出去叫警察。’”

汤森说：“我亲眼目睹他们计划这一切。”

“可问题是，当我们到达这里的时候，一切似乎和她形容的完全不同。”他扯了扯嘴角，看起来像是笑了，但却依旧满面严肃，“路过的一辆车打破了玻璃把你救了出来，我们到达的时候，你活得好好的，尽管那个姑娘已经死了。而且，你和那姑娘还都被捆着，为了节省时间，他们连椅子一起把你抬了出来。把两个人捆上，再开枪，这种自卫的说法听起来就有些离谱了。之后，我们在四周查看了一下，又找到了一些其他的东西，例如，至关重要的，是这个——"

他拿出戴德里奇画的那张射击角度和尸体位置的图，把它留在了书桌上。"自卫杀人的人通常可没什么时间先画张图来计划一下。"

汤森说："我猜，你依然认为是我杀了哈利·戴德里奇？"

"事实上，经过今晚发生的一切，我已经改变了想法。但是，"警官接着说，"我个人的想法并无关紧要。你身上背着一项谋杀指控，还有一张通缉令。如果你没有杀他，你有没有什么证据证明这一切？我只是一个受命追捕你的警探。"

"是的。我有证据，两份确凿的证据——我找到了一个目击证人。"

"一名目击者！可当时你是独自和死者待在家里的……"

"哦，不，我可不是一个人在家里！难道你忘了……"汤森向躺在他们两人脚下的担架点了点头。

"他？"警探吃了一惊，"等等……"

"他的视力完全正常，不是吗？他的椅子在案发当天整个下午都在客厅里，不是吗？当然，他看不见阳光房里发生的一切，因为房门关着，可他能听到房里发生的一切，他能看到走进和走出屋子的人，对不对？"

"即便他能，他也已经死了。而且，他无法开口说话。他的舌头和身体的其他部分一样，已经瘫痪了。你是如何从他嘴里得到证词的呢？”

“你可以去露丝安置我藏身的那间小屋找找，从门口开始的第六块地板，那块木板是松动的，把它打开，你就会发现下面有一叠便签纸。那是我亲手记下的他的证词。”

“你是怎么做的？”警探先生依然将信将疑，“通过心灵感应？”

“通过眨眼，用摩斯密码，就像全国的任何一个电报室里发电报的方法一样。一个快速的眨眼是一个点，一个长时间的眨眼是一横。”

艾姆斯说：“啊，我也会摩斯密码。为什么他不在我在附近调查案件的时候对我眨眼呢？”

“你该问的是你为什么没有长时间地看着他，好发现这一切。每当你走近他的时候，他都拼命向你眨眼，可你根本没有注意。他的心都快碎了。他在自己的证词里这么说的。你一直走来走去，并没有长时间地直视他，或者，你将他眨眼睛的动作当做是他的病情导致的。”

“是的，”艾姆斯若有所思地低下头，承认道，“事情确实如此。那你所说的另外一个证据是什么？”

“明天中午，如果天气允许的话，我会告诉你。事实上，你将亲眼看到一切。”

两名男子上前抬起躺着尸体的担架，准备将它运上车。

“等等，”汤森出言制止，“我想先和他道个别。”他对他们说，“我们有一种独特的交谈方式，通常不会在这样的场合出现的语言，可能会让你们大吃一惊，但我想用他希望的方式与他告别。”

埃姆斯转过头。他们走开了几步，站在那里看着他。

那位名也叫丹尼尔·尼林的男子，走到他面前的担架那儿，看着那张脸。埃姆斯能听见连续不断的低语，唯有最后一句声调略高，清晰可闻："我是你的朋友丹尼尔，谢谢，以及，再见。"

第二十三章

天气正好，第二天，依然阳光灿烂、气温炎热。

阳光下，这个地方已经开始昏昏欲睡，充满了懒散的气息，就好像刚刚在这里发生的一切都已经被人们遗忘。

站在门口阻止好奇的人群接近的那个警察，是画面中唯一不和谐的元素。当警车映入眼帘的时候，他从屋外原本坐着的摇椅中起身致意，然后又坐了回去。

汤森走在前面，埃姆斯跟在他的身旁，其他人落在后面。

他们打开阳光房的房门，走了进去，屋子里的空气中满是飞舞的尘埃。

汤森说："这就是哈利·戴德里奇被谋杀的地方，我会告诉你，他的弟弟和妻子，比尔和艾玛·戴德里奇是怎么在几英里以外完成这桩谋杀案的。"

埃姆斯抱着胳膊，用手指拍了拍他上臂的肌肉，吹了口气，说："开始吧，我就是为了这事来的。"

"今天的一切都和谋杀发生的当天一样：柳条沙发，对面是低矮的茶几，以前这里还是植物温室的时候，他们在上头放盆栽。我想我们应该在沙发上标注一下哈利·戴德里奇的位置。并非必须，但对于大家了解全部的事实会有帮助。”

“好吧，我的调查人员中可以有一个……”埃姆斯说。

“我觉得最好还是放个没有生命的东西，除非你希望裁员。”

警员中的一个拿来了一个中等尺寸、玻璃圆顶的台灯，将它立在沙发的背部。圆顶的部分超出了沙发的高度，从上面露了出来。

“差不多就是那么高。”汤森说。

“午饭之后，他立刻来到这里，睡上一个小时的午觉。好吧，这台灯就是他。他就靠在这里午睡，双腿在沙发上舒适地摊开，头靠在那个角落的位置。他会把所有的百叶窗都放下来，免得阳光照到他的眼睛。”

“你想把百叶窗都放下来吗?”艾姆斯哼了一声，问。

汤森微微一笑：“最好一切都如原样。”

其中一个警官开始忙碌了起来。

汤森说：“我希望当光线变暗的时候，你能注意仔细看这个瓷砖铺成的地方。”

当百叶窗放下后，周围一切的色调都变暗了一些，明亮的黄色变成了黄绿色，绿色变成蓝色、深蓝色。在桌子上，每个人都注目而视的地方，屋顶百叶窗上菱形的缺口正在桌面上留下了一个清晰可见的菱形光斑。

这并不是唯一的光斑，年久失修的百叶窗上有许多个这样的破损之处，阳光透过这些缺口，在地板、桌子和柳条家具上投下条状、圆形和其他各种形状模糊的图案，仿佛阳光洒下的雨滴。但那块菱形的光斑最为明显，尺寸最大，是唯一形状清晰、棱角分明的——因而看来几乎像是有人故意剪出来的。

汤森说：“他把百叶窗都放了下来，在这里午睡。那天他睡得比平时都沉，老先生认为那天的午饭里被下了麻醉剂，好让他睡得更死一点。”

“我想那天我也一定被下了药，我就睡在大厅旁边的小房间里，而通常我是会推老人出去散步的。”

露丝和厨师当时正在后面的厨房做清洁，动静很大，而且为了赶上两点回镇上的巴士，他们的动作很快——凶手对这一切了如指掌。所以，当他们早早离开家的时候，他们并非是在冒险。他们费尽心机让自己的故事看来更为可信。哈利是个脾气暴躁的主人，当他关起门午睡时，仆人们谁也不敢走进阳光房去打扰他。

“于是，他们下楼，准备离开。她开车到门口，而他……”

他向身边一动不动的警官伸出手：“把猎枪给我。你上膛了么?”

“出门之前，我把枪重新上了膛。”

汤森接过枪，打开保险栓。他转动保险，确保它保持在打开的状态，然后向前一步，手上拿着猎枪。

“就像这样，我的意思是，他跟着她一起下楼，抓紧时间走到楼梯旁的储藏室里，拿到了猎枪。为了更有效率，他前一天晚上就把枪藏在了这里，他在这里把枪上膛并打开了保险栓。有一双眼睛看到了这一切，但他毫不在意，因为那老人无法说话。

“他拿着枪来到这里，打开保险栓并上了膛之后，就这样把枪放在这里。”

他俯下身，小心翼翼地调整角度，令枪口对着沙发角落里的台灯。

“这桌上有标志为他做指引，并非那种你环顾四周之后显而易见的标志，而是这些瓷砖之间的缝隙，纵横排列仿佛经纬度一样，简单明了。他只需要调整桌子的位置，稍稍向前或向后移动一点，让这菱形的光斑落在磁砖之间某个特定的位置上。这些纵横的方格丈量出光斑从一点移动到另一点所需的时间，就像是时钟的指针一样。他一定提前精密地计算过，我并不确定具体需要多久，但假设十分钟光斑移动一格，这差不多就给了他十五分钟的缓冲时间。这原理就和日晷一样。

“好了，就是这样。他并没有直接把枪放在阳光下，那对他的计划可没什么帮助，他将这一切布置成了一个定时炸弹。他把枪放在与光斑有一点直线距离的地方，阳光点燃火药会花上一会儿工夫。为了尽快完成我们的演示，我会把枪放得近一点，差不多半个方格吧。”

汤森布置完，往后退了一些，并示意他的同伴们也保持距离。“所有这一切并不会花上他太久。布置好一切，他离开房间，关上身后的房门。像事先计划好的那样，艾玛大声地叫他——‘快点，比尔！我们要赶不上火车了！’这完全是表演给厨房里的两个人看的。他上车，他们开车离开了这里。

“这就是事情的真相，他从储藏间拿出枪，带到现场，按照瓷砖方格描绘的蓝图把枪放好，瞄准了他熟睡中的哥哥。当然，他并没有亲手扣动扳击，但先生们，你们以为是我杀了哈利·戴德里奇，可真正的凶手，是他。

“你们可以拿出手表计算一下时间，或者我们就在这里安静地待上几分钟，等待结果的揭晓。”

其中一个警官开始计时，而埃姆斯只是站着看着眼前的一切。

光斑慢慢地横向爬过桌面，但速度慢得几乎无法被肉眼识别。

也许是为了打破沉闷的等待，埃姆斯忽然开口问道：“那他们是如何确定斯特拉斯一定会搭他们的车，正好成为案发现场的目击证人的呢？”

汤森耸了耸肩：“谁也不能肯定，但我想我能猜得到，也许早上她偷偷去打探了邻居们的动向，刚巧得知他下午要去镇上。”

现在，那光斑挪动到了猎枪敞开的火药处，光斑安静地趴在猎枪上，就像一片活灵活现的黄色树叶，而枪支的四周，光线都是冷酷的深蓝色。

时间一分钟一分钟地过去，也许肉眼看不清它的移动，但在周围瓷砖格的参照下，它确实正沿着时间的轨迹，慢慢地继续移动着。慢慢过去了。

它爬上了弹匣的另一侧，开始渐渐远去。

警官们沉默不语地看着，偶尔有一两个诧异地转头望向汤森，但最后又都回过头去，保持着沉默。

弹匣的火药里开始升起淡淡的烟雾，短短的一束，很快消散在空气中，几乎没有留下任何痕迹。

菱形的三个顶点都已经爬过了保险栓的位置，来到了弹匣的另一侧，仅剩下最后的一个点还照射在火药上，但眼看也就要移开了。

“我明白你想要展示给我们看的那套理论了，”埃姆斯说，“但看来这次，并不……”

忽然，某个罪恶的亮光一闪而过，把他们都吓了一跳，亮红色的火焰从枪口中射出，把所有的人都吓了一跳。枪口中射出的子弹发出巨响后，弹壳叮叮当当地落在地上的瓷砖上，空气中充满了刺鼻的火药味。

台灯只剩下基座，窝在沙发的一角。台灯的圆形灯罩、灯泡和支杆，全都消失不见了，仿佛是被一把无形的刀干净利落地修剪过。

汤森说：“那就是哈利·戴德里奇的脑袋。”

“所以，事情的真相是这么回事……”埃姆斯说。

汤森附和道：“是的，就是这么回事。”

“可能是吧，”埃姆斯说，“可别忘了，我们有个可靠的证人看见你从房里跑出来，手里拿着枪。”

“幸运的是，老先生看到了事情的全过程，”汤森说，“那天我睡在隔壁的房里，枪声把我吵醒了。我跑过去看发生了什么事。显然，我拿起了枪并跑出了家门，我一定是看到了汽车正向着屋子开来，激动地大喊大叫。”汤森耸耸肩，接着说：“当然，他们抓住了机会，毫不费力地说服了斯特拉斯先生——他们带他回来就是充当人证的。他们对他说，我拿着枪跑出来，是要把他们也杀了。艾玛也许还假装发出了几声尖叫，以确保斯特拉斯听不清我到底在喊什么。”

“听起来合情合理。”埃姆斯说，尽管他的声音里有那么些不情不愿的意味。

他们一个接一个地走出房子，上了车。当他们接近门口执勤的警探时，他伸出手向他们示意。显然，来福枪发出的巨大声响让他明白，就在他们离开的不久前，里面又发生了一次枪击。该是再次清理现场的时候了。

戴德里奇家的屋子落在他们的身后，依然醒目依旧，仿佛什么也没有发生过。随着车子越驶越远，它渐渐消失在树木的掩隐之中。有人回头看了一眼，但汤森没有。

“那现在我该怎么办?”他问道。

埃姆斯敲了敲装着哈利·戴德里奇一案的有关文件的公文包，说：“我会把这个交给地区检察官办公室，当然，我会在我的报告中加上自己的观点，包括刚才你展示给我们看的一切。理论上来讲，此后这案子就不归我管了，但是……”他给了汤森满是鼓励意味的一眼，接着说：“我认为你没什么可担心的了，他们会撤销你的谋杀指控，之后你可能会成为哈利·戴德里奇一案的重要检方证人。这对你的生活不会有太大的改变，只要在开庭之前留在这附近就行了。我会尽我所能让你可以方便行事。”

他言出必行。他们一到警察局，他就对位于同一栋楼里的看守所门卫说：“这个犯人和我一起吃饭，在我的办公室里。晚点儿我会把他带回来交给你。”

他从广场对面的餐厅里点了晚餐，还要了几瓶啤酒。

“啧啧，这真有点好笑，”汤森说，“结果，你居然与我一起安安静静地坐在这里吃饭——你可是追捕了我很久。”

“是的，”埃姆斯点了点头，喝了口啤酒，“一开始，我们让那个叫丹尼尔·尼林的人从这里跑了，然后在这里和提拉瑞街之间的某个地方，我又把人跟丢了。我以为再也不会看到他了，不管是在这里，还是在其他什么地方。”他笑了。

汤森看见，那双灰色的眼睛里满是善意。

第二十四章

火车开始驶进站台，这是将带他回到维吉尼亚身边的列车。列车发出嘶嘶的声响和隆隆的轰鸣声，就在人们以为它就要这么直接驶过，错过新杰里科站的时候，它缓缓地开始减速，然后慢慢地停在了站台上。

埃姆斯与他的助手以及如今只是艾玛·戴德里奇一案的重要证人的这名男子，不得不沿着站台跑了起来，以赶上列车。

助理警官第一个登上了列车。汤森踩上了列车下方的踏板，转过身来与埃姆斯道别。

埃姆斯捅了捅他的手臂，就在他孩提时注射疫苗的那个位置提醒道："你最迟可以待到星期三，这是我能帮你安排的极限了，告诉她，你还得回来一次，行吗?"

"不，我从不告诉她我要去哪里，以前都是如此，这次最好也还是这样。但我打算带她一起来，这样她就不用一个人胡思乱想、提心吊胆了。"

"我会照顾好她的，"埃姆斯答应道，"我会在警察局宿舍里为她安排间房间的。"

火车又开始移动了。汤森跟着助理警官走进车厢，找了个靠窗的位置坐下。他把帽子挂在架子上，向后靠在椅背上。新杰里科正慢慢向后移动着，突然，他在眼角捕捉到一些画面，仿佛似曾相识的危险讯号，他下意识地想要躲开。

窗外，埃姆斯正沿着站台奔跑着，他手中的什么东西闪烁着金属色的光芒。

汤森打开窗，埃姆斯将烟盒递到他眼前，就是他在提拉瑞街上典当掉的那只烟盒。“昨晚你离开了办公室的时候，我忘了把它还给你。怎么了，你笑什么？”

“我不知道，生活就像是绕了一个圈，不是吗？我们告别的这一刻恰如相遇的那时。我第一次见到你的时候，你也是像这样在列车窗外奔跑，想抓住我。”

埃姆斯渐渐落在了后面，火车开始加速，他渐渐消失在汤森的视野中。火车还未开到全速，汽笛发出尖锐的鸣叫声，路过村外青苔密布的墓地。

一瞥之间，汤森看见了那个熟悉的土堆，那个小小的墓碑是他送给露丝的唯一的礼物。她为他付出了那么多，过去，以及给予了他全新开始的未来。他伸出两个手指按在太阳穴上，向她行礼致敬，告别。

列车的车头发出了一声长长的、仿若悲鸣的汽笛。汽笛声消散了，但那回音依然回响在汤森的耳中，持续了几秒之后，也渐渐淡去。由此，汤森知道一个孤独的乡村火车站已经在汽笛的回音中，过去了。

在那里发生过的一切，也都过去了。

永远。